十二神獣の転生妃
最凶虎皇子の後宮から逃げ出したい！

石川いな帆

23138
角川ビーンズ文庫

目次

十二神獣の転生妃
最凶虎皇子の後宮から逃げ出したい！

人物紹介

虎大牙（こたいが）

寅国の皇子。
乙女ゲームでは
破滅ルートしかない
最凶攻略キャラ。

季明鈴（きめいりん）

前世は社畜。
乙女ゲームの世界に
転生し、悪役妃とともに
処刑される運命!?

ランラン

明鈴が見つけた猫。
ツンが多めだが
たまにデレて
撫でさせてくれる。

季佑順（きゆうじゅん）

明鈴の兄で大牙の側近。
妹の明鈴を溺愛している。

如紅希（じょこうき）

乙女ゲームでは
小華を陥れようとする悪役妃。
なぜか明鈴を気に入る。

中華神獣絵巻
〜桃仙の乙女は愛で世界を救う〜

十二支をモチーフとした
中華風乙女ゲーム。
それぞれの動物を神獣として祀り、
その加護を受ける王族が君臨する
十二の国が舞台。

呂小華（ろしょうか）

乙女ゲームの正ヒロインとなる
市井の娘。
桃仙の乙女に選ばれる。

本文イラスト／すがはら竜

序章

ある国の城内、謁見の間には張り詰めた空気が漂っていた。

「季明鈴。そなたを正妃に召し上げる」

青年が不敵な笑みを浮かべる。有無を言わせない強気な態度、まさに選ばれし者の風格を持っていた。

一方的に告げられた少女は目をまん丸に見開き、驚愕に満ちた声を出す。

「わ、私には、正妃など恐れ多いことです」

青年のことが怖いのか、ふるふると体が震えている。少女が小柄なせいで、まるで小動物が肉食獣に睨まれているかのようだ。

「ほう、断るというのか？」

青年からは唸るような声がこぼれる。

「断ると申しますか、ええと、その、もっとふさわしい方がおいでになるかと思います」

少女はうっすらと目に涙をにじませながら必死に言い返している。

だが青年の目は、一度目を付けた獲物を逃がすつもりはないとぎらついていた。

逃げたい少女と手に入れたい青年。
どちらが最後に微笑むのだろうか。

さあ、新しい人生の物語。
頑張った人にはご褒美が必要でしょう？
だから、これはわたしからの贈り物。

第一章 危うきこと神獣の尾を踏むが如し

桃の甘い香りが風に乗り漂ってくる。その香りに誘われるかのように着飾った少女達が桃果堂の回廊に集まっていた。桃果堂は桃仙の女神を祀っており、その女神の力が宿るとされる桃の木を守るように朱塗りの回廊が造られている。

普段は静かな時を刻んでいるのだが今は華やかで香しい空気に満ちていた。寅国では女人のみ十五になる年に桃果堂にて成人の儀式が行われるからだ。季明鈴は十五歳、今まさに成人の儀式に参加していた。

明鈴は小柄な体格で緩やかに波打つ髪は腰まであるが、儀式のために今日は綺麗に結い上げていた。牡丹色を基調とした晴れの衣装は白い肌によく似合う。髪や瞳は胡桃色で、これは卯国の王族だった祖母の影響を受けている。明鈴は平凡な見た目だと自分では思っているのだが、周りからすると感情を色濃く映すつぶらな瞳、小動物的な動きも相まって、構いたくなる兎のような愛らしさを持っていた。

「暇ねぇ。どうせ桃仙の乙女なんていないんだから、みんな一斉に食べればいいのに」

「そうよね。庶民の儀式が終わるのを何で待たなきゃいけないのかしら」

隣の貴族の娘二人がつまらなそうに愚痴を垂れ流していた。

この儀式は成人を祝うと同時に、五百年に一人現れると言われている『桃仙の乙女』を見つける役割も担っている。桃仙の乙女に選ばれし者が桃果堂に祀られている桃の木の実を食べると力が覚醒するらしい。だから一人ずつ吟味するために神官の前で桃を一口食べるのだ。そりゃ時間もかかるだろう。でも、貴族は優先して儀式を行わせてもらっているのだから、少し待つくらい我慢すればいいのにと心の中だけで言う。絡まれたら怖いので口に出す勇気はないけれど。

あと残るは小柄な町娘が一人だけ。神官達からもこれで儀式が終わりだと安堵するような空気が醸し出されていた。だが、彼女が桃をかじった途端に強烈な光が一帯を照らしだす。そのまばゆさに目がくらんだ。

「桃仙の乙女が現れたぞ！」

神官の声が響いたと同時に、明鈴は雷に打たれたような衝撃に襲われた。

頭の中に見たこともない風景や人物の映像が次々に浮かんでくる。いったいどういうことなのだろうか。明鈴の過ごしてきた中で行ったことも出会ったこともないはずなのに、えもいわれぬ懐かしさを感じる。

これは桃仙の乙女が現れたから起こったことなのだろうかと思い、隣にいる愚痴を言っていた二人を見た。しかし、桃仙の乙女を見つめて唖然としているだけで、明鈴のように戸惑っている様子はない。

「あ、あのぉ、何か起こってますか？」

思い切って声をかけるも、明鈴に近い方にいた娘が眉間にしわを寄せた。

「見て分からないの？　桃仙の乙女が現れたって言ってるじゃない」

何故か怒られた。解せぬ。

けれど、この反応のおかげで彼女達には自分のような映像の出現はないのだと分かった。なんで自分だけなのかと焦りながら、必死で頭の中を整理しようと大きく息を吐く。

浮かんできた映像の中で一番多く出てくる人物がいた。髪や目の色は違うし服装なんかも全然違う。それなのに漠然と自分だという感覚があった。本当に不思議だけれど。

映像の中で明鈴（仮）は日本という国でここよりも便利で快適な生活をしている。でも会社では鬼のように仕事を押しつけられ過労のあまり意識混濁、めまいを起こし階段を踏み外して……ここから続きがない。どうやらそこで人生を終えてしまったのだろう。

え、なにこれ。普通に可哀想なんですけど。

「これって私の前世？」

ぽつりとつぶやきがこぼれた。自分という感覚があっても、今の明鈴の過ごしてきた記憶とは違いすぎるのだ。荒唐無稽とはいえ前世の記憶だと考えればしっくりくる。

驚きすぎて手は震えるし、手汗がとまらなくなってきた。今日は屋敷に帰ったら成人祝いのごちそうが待っていて、それを家族と食べて楽しく過ごすだけのはずが、なんで余計な珍現象が起こってしまったのだ。なかったことにならないかなと願うも、頭の中からこの記憶が消える気配はない。むしろ時間が経つにつれて鮮明になっていくような気がする。

泣きそうな気分でまわりを見る。ひとり混乱する明鈴をよそに、桃果堂に集まった人々は先ほどと変わらず桃仙の乙女に釘付けだった。ふと明鈴は引っかかりを覚える。

桃仙の乙女って、まさかあの『桃仙の乙女』だろうか？

首を傾げながら考える。蘇った記憶の中に『中華神獣絵巻〜桃仙の乙女は愛で世界を救う〜』という乙女ゲームがあるのだ。仕事のつらさを忘れて心の潤いを求めるため、このゲームをやりこんでいたから間違えようが無い。

桃仙の乙女が出現するこの世界は明らかに乙女ゲームと酷似している。ということは、もしや乙女ゲームの世界に転生してしまったということなのか。にわかには信じられず頭を抱えた。

『中華神獣絵巻〜桃仙の乙女は愛で世界を救う〜』は十二支がモチーフになっており、それぞれの動物を祀る十二の国が舞台だ。そして各国の皇子ルートと隠し攻略キャラルートが存在する中華風乙女ゲームである。

「あれ、ちょっと待って。うそ、ここ寅国じゃない？」

ざあっと血の気が引いていく。

まだ決まったわけではないし信じたくもないが、もしも転生していたとしたら、なんで寅国なんだろう。正直なところ別の国に転生したかった。卯国とか戌国とか！

何故なら寅国の攻略キャラである皇子の大牙がどうしても好きになれなかったのだ。闇抱えすぎだしすぐに処刑しようとするし愛の形が監禁だしもう怖すぎる。むしろ大牙へのヒロインの気持ちも極限状態による生きるための思い込みじゃないだろうかと疑っていたくらいだ。他のルートはそれぞれ魅力的な恋模様で大満足だっただけに、大牙ルートは消化不良で「こんなの恋じゃない！」とエンディングの瞬間に叫んでしまった。

しかし、すでに寅国に生を受けている。嫌だけれど生まれは変えられないから、そこは断腸の思いで我慢するとしよう。となれば、仮にゲームの世界に転生しているとして自分の立ち位置はどこだろうか。ヒロインは桃仙の乙女だからもちろん自分ではない。明鈴自身は平々凡々で特に目立った特徴はないし、あえて言えば兄の季佑順が優秀で世渡りもうまく皇子の側近になっている……って、あれ？

「兄様って隠しルートの攻略キャラと名前も肩書きも同じ。ということは私って……！」

明鈴は手汗だけでなくもう全身から冷や汗があふれ出てくるのがわかった。自分の立たされているポジションに思い至ったからだ。

太師の家柄よりは劣るがそこそこ位の高い家に生まれており、父は尚書省に属する六部の長官である工部尚書だ。また兄は優秀さが認められて皇子の学友に抜擢された。そのまま側近としてつかえているが肩書きとしては殿中省の次官であり、乙女ゲームの設定と同じだ。明鈴の設定も同じだとすれば、ゆくゆく正妃の侍女に抜擢されるはずである。

「確か、この正妃様が問題なのよ」

正妃はいわゆる悪役ポジションでヒロインをいじめる。それがもとで皇子の逆鱗に触れて処刑されてしまうのだが、侍女だった明鈴も連座して処刑されるのだ。そう処刑されてしまうのだ、なんて酷い運命！

前世もろくなもんじゃなかったけれど、もしここが乙女ゲームの世界ならば転生してもろくなもんじゃないという現実に呆然とする。ヒロインでも悪役の正妃でもなくモブの立ち位置なんだから、モブならモブらしく平凡なモブライフを送らせてくれ。

いや、まだ受け入れるな。諦めたら終わりだ。ここが処刑エンドを迎える乙女ゲームの世界だなんて簡単に認めてたまるか、と叫びたかった。

「いや、何あれ！」

けれど、叫び声をあげたのは明鈴ではなかった。桃果堂に集まった少女達がある一点を指し示しながら騒ぎ始めたのだ。

「何か黒い動物がいるわ！」

「あの大きさ、耳と長い尻尾もあるし猫じゃない？」

「嘘。なんて不吉なの！」

神官達が桃仙の乙女を守るように囲み、少女達も怯えながら神官達の方へ集まっていく。

『猫』という言葉に明鈴は目を見開いた。猫、それはもふもふとした愛しい生き物。撫でるも良し、引っかかれたら感謝を捧げ、たまに訪れる構って行動に癒しをもらう至高の存在だ。だが、明鈴がこの世界で生きてきた中で猫と出会ったことはない。

実は嫌われているせいでほとんど存在していないのだ。猫は十二支の仲間に入れなかった上に鼠を恨んで攻撃したので悪い動物だとされ、見つかると排除されてきた歴史を持つ。だから猫が飼われることはないし、野良も見たことはなかった。

今までの明鈴にとって猫はただの概念だった。けれど記憶が蘇った今は違う。記憶の中で愛らしさをふりまく猫達が、これでもかと誘惑してくるのだ。

「ねこ……本当に？」

吸い寄せられるように人垣をかき分けて前に進む。

どんな猫だろうか。でも色が黒いようだから心配だ。黒は『黒獣』と呼ばれる凶暴な存在を彷彿させるから。猫であるうえに黒いなど最高に忌み嫌われる存在といえるので、今騒いでいる人達に酷いことをされなければ良いけれど。

明鈴がやっと人垣の間から黒っぽい塊を視界に入れたときだった。

「やだ、じっとこっち見てる！」

猫らしき動物に近い位置にいた少女が、恐怖のあまり石を投げた。すると、まわりの少女達も釣られるように次々と石を投げ始めてしまう。

　なんてことをするのだ！　至高の存在だぞ、罰当たりめ！

　そもそも己よりも小さな存在を傷つけるなど、人として言語道断な所業である。明鈴は石を投げた子達を睨み付けた。だが逆に「何か文句でも？」とばかりに睨み返されてすごすごと目をそらす。小心者な自分が情けない。

　結局、猫らしき動物は桃果堂の奥に広がる竹林へと走り去っていった。

　あの子は大丈夫だろうかと心配になる。この世界で猫が嫌われていようが、前世では大の猫好きだった。家には三匹の猫がいたし、毎日もふもふしていたし、猫吸いしていた。感触を思い出した途端、禁断症状に襲われる。

「もふもふしたい、すーはーしたい」

明鈴の口から欲望が駄々漏れる。

　でも、欲望を満たすよりもあの子の安否を確認する方が重要だ。石を投げられていたのだし怪我をしているかもしれない。明鈴は騒ぐ集団を尻目に、竹林へ捜しに行くのだった。

　中腰で目線を低くしあの子を捜す。

「猫ちゃーん、出ておいで。怖くないよ」

　猫らしき動物と呼びかけるのもおかしいので、もう猫と呼ぶことにした。

桃果堂での騒ぎ声が小さく聞こえるくらい進んでくると、大きな石の陰にうずくまっている黒い毛玉を見つけた。明鈴の姿を見つけるとうなり声を出し、全身の毛を逆立てて威嚇してくる。

「怖い思いをさせてごめんね。もう大丈夫だから。ほら、おいで」

膝を地面につき低い姿勢になる。怖がらせないために目線を同じ高さにしたのだ。

すると毛は逆立っているがうなり声は消えた。もう少しだ。

猫は先ほどまで走っていたとはいえ、この場所でしばらくじっとしていたはずなのに呼吸が荒い気がする。もしかしたら脱水症状かもしれない。だけどあいにく水はないし、明鈴が持っているものと言ったら成人の儀式でかじった桃だけ。そういえば……と記憶を掘り起こす。桃はほぼ水分なので、果肉だけなら猫に食べさせても大丈夫だったはずだ。

「ね、喉渇いてない？」

猫がかじりやすいように桃の皮をむく。果汁で手がベトベトになるが、気にせずにそのままゆっくりと猫に向けて差し出す。

「この桃、美味しかったから食べてみてよ」

猫の逆立っていた毛がふっと落ち着いた。威嚇をといてくれたのだ。でもまだ動かない。

辛抱強く明鈴は待つ。片手を前に差し出しているので体重を支えるのはもう片方の腕一本、あまり体力がないのでかなりきつい。

腹筋や腕の筋肉が震え出してきた頃、やっと猫が近寄ってきてくれた。ゆっくりと、でも確実に。そして恐る恐るといった様子で差し出した桃をかじった。

「はぅわ……」

明鈴から一瞬言語が消えさり、なんとも形容しがたい擬音がこぼれる。

桃の果汁をなめ取るように、猫が明鈴の手をぺろっとなめた。その柔らかくてちょっとざりっとする久しぶりの感触に頬が自然と緩む。

存在してくれてありがとうと感謝を捧げたい。誰に捧げて良いのか分からないから、とりあえずこの世界を創ったといわれる女神に捧げておけばいいだろうか。本当にありがとう、この子に出会わせてくれて。

歓喜に悶えながら猫をじっくり観察してみると、前世の記憶にある猫より少し丸っこいし脚もがっしりしている。だがこの世界の猫を見たことがないので、ここでの猫はこういう姿なのかもしれないなと思う。

全体的に灰色で、ところどころに黒い斑がある模様だ。真っ黒ではないのだが、これでは確かに遠目だと全身真っ黒な動物と思われても仕方がない。この世界の人々にとっては恐ろしい姿だろう。だけど明鈴にとっては猫である時点ですべてが可愛い。細身の綺麗な猫は美人さんだなと思うし、不細工と形容されるような猫でも愛嬌があってこれまた可愛いのだ。だからこの猫も黒っぽくて丸かろうが全力で愛でるべき対象である。

そんな風に猫を見ていると、後ろ脚に傷があるのを発見した。黒っぽい毛のせいで、血が滲んでいるのがすぐに見つけられなかった。

「こっちへおいで」

衣装が汚れるのも気にせず膝をずりずりと擦るように前進し、猫との距離を少しだけつめる。すると、じいっと明鈴を見ていた猫もゆっくりとこちらに歩み寄ってきたのだ。嬉しくて小躍りしたくなるけれど、下手に動くと怯えてしまうかもしれない。動くに動けないもどかしい時間。きっとハイハイをする赤ん坊を待ち構える親ってこんなじれったい気持ちなんだろう。

そして、猫は明鈴の膝にポテッと前脚を置いた。

「うぅ……かわゅ」

心を許してくれたのかと思うと感激で泣きそうだった。でも泣いている場合ではない。怪我の手当をしなければと涙を必死に飲み込む。

「手当してあげるね」

明鈴がそっと猫を撫でると、返事をするかのように「なーぅ」と鳴いたのだった。胸のあたりから温かさが体中にほわっと広がる。

懐から手巾を取り出すが、猫の脚に巻くには大きすぎた。前世を思い出した明鈴にとってはこの手巾がとても高価なものだと分かっているのだが、問答無用で簪の先端を突き刺し勢いよく切り裂く。猫の命より大切なものはないのだ。

猫をそっと抱え上げて膝の上に招く。嫌がることもなくじっとしてくれている間に、手巾の切れ端で傷が隠れるように巻き、止血の意味合いも込めてきゅっと強めに縛った。

「さぁできたわ」

大人しくされるがままの猫の背中を毛並みに沿って撫でる。明鈴が撫でるとほんの少しだが灰色と黒の斑模様が薄くなった。外を走り回っているから汚れもあるのだろう。竹林を駆け回ったせいで落ちた竹の葉なども毛に引っ付いていたので、取り除きながら毛並みを味わう。耳の後ろや顎の下を優しく掻いてやると、気持ちよさそうに『ぐるる』と喉を鳴らし始めた。

「はわわっ、かわゅ」

明鈴の言語中枢が再び機能不全を起こす。可愛すぎて歯がうずうずしてきた。

「これは洗って思い切り吸うしかないわ。さぁ猫ちゃん、一緒にお屋敷へ帰りましょうね」

猫を胸元に抱え、よっと立ち上がる。その瞬間だった。あれだけ大人しかった猫が暴れ出したのだ。

「え、ちょっと、どうしたの？」

落とすまいと奮闘するが、地味に痛い猫パンチまで繰り出されて思わず腕の力が緩む。その隙を逃さず猫はするりと抜け出し、竹林の奥へと逃げ去ってしまったのだった。

明鈴の生まれ育ったこの世界は桃仙の女神が創ったとされ、女神は創った大地と一体化した。女神に付き従っていた十二神獣はそれぞれの場所で大地（女神）を守ることにし、これが国の成り立ちとされている。
鼠、牛、虎、兎、龍、蛇、馬、羊、猿、鳥、犬、猪の神獣を祀る十二の国が存在し、王族はそれぞれの神獣からの加護を受けて神通力が使える。その神通力を用いて神事を行い、有事の際は戦って国を守っているのだ。特に神事がきちんと行えないと天候が荒れ、大気が淀んで疫病が発生し、大地が安定せずに天災が起こる。その為、王族の神事の務めは何よりも重要とされていた。そして女神の生まれ変わりといわれる『桃仙の乙女』は、吉兆をもたらす存在と考えられている。

ここまでは誰でも知っていることだ。だが庶民は知らない、貴族だけが知る事柄がある。
それは万能に思える神通力だが、人智を超えた力のため使いすぎた人の魂は疲弊してしまうという事だ。すると神通力の制御が出来なくなり、限界を超えると自我も蝕まれ暴走してしまう。これを止めることが出来るのが『桃仙の乙女』だが、この存在は常にいるわけではない。そのため暴走が止められなかった王族は人ならざるものへと変化し、これを

『黒獣堕ち』と呼んだ。自我を無くして破壊と殺戮を繰り返す獣となるため、王族達は神通力の暴走を何よりも恐れている。

成人の儀式のあと、膨大な記憶が蘇った明鈴は帰ってから知恵熱で寝込んでしまったが、翌日になればすっきりと頭の整理が出来ていた。今と前世の性格が似通っていたおかげだろう。自我が混乱することもなく、すでに十五年この世界で生きている明鈴の中に記憶として同化していった。あとはこの世界が本当にゲームの世界なのか、ただ似ているだけの世界なのかという問題だ。明鈴は似ているだけ説をまだ捨てる気はない。

ゲームのシナリオだと、桃仙の乙女が見つかったすぐ後に皇帝の崩御が発布されていた。でも現状そのような知らせはない。だからきっと大丈夫。皇帝が崩御なんてするはずないと自分自身に言い聞かせる。

そもそも崩御の発布自体は桃仙の乙女が見つかった後だったが、時系列でいうと見つかる数日前にもう皇帝は崩御していた。たった数日の差にどうしてあと少し早く現れなかったのだとプレイしながら思ったものだ。せめて崩御してから数年経っていたらまだましだっただろうけれど。こんな不憫なタイミングでヒロインを投入するから、序盤は大牙から憤りをぶつけるが如く睨まれていて可哀想だった。

「初っぱなから重い展開なのよね、大牙皇子ルートって」

だからあまり好きになれなかったのだ。ちょっとでも選択肢を間違えれば即バッドエンド行きだったし。他の攻略キャラが好感度ゼロからの始まりだとしたら、大牙はマイナスから始まっているようなものだから。

もし本当にゲーム世界であるならば、皇帝が崩御されていたという知らせがあるはず。崩御が明らかになれば、さすがにゲーム世界への転生を認めるしかないだろう。ゲームのシナリオ通りに現実も進んでいるということだから。でも、そんな悲しい現実を受け止めないで済みますようにと、皇帝の無事を毎晩月に祈り続けるのだった。

「ずっと隠されていたことだが、実は皇帝陛下が崩御された」

父の言葉に嘘だろ……と絶望した。微かに抱いていた希望がついえた瞬間だ。

成人の儀式から十日ほど経った頃、父が夕餉のあとに母と兄と明鈴を書斎に呼び重々しく話し始めたのだ。兄は知っていたようだが、母は驚きすぎたのか無言で固まっている。

皇帝はまだ四十歳、亡くなるには早すぎるから当然の反応だろう。

明鈴も同じく言葉を詰まらせる。衝撃のあまり思わず倒れそうになるけれど必死で姿勢を保った。信じたくないが、でもこれが現実なのだと父の苦々しい表情を見て肩を落とす。

やはりここは乙女ゲームの世界であり、シナリオも確実に進んでいることが証明されてしまったのだ。まったく嬉しくないし、絶望に泣いてしまいそうである。

「これから、この国はどうなるのですか」

母が震える声で問いかけた。

「第一皇子である大牙様は十八歳になられているし、そのまま帝位に就かれることに問題はないが、急なことゆえ城内は騒然としている。これから国の民は一年の喪に服すから、お前達も派手な行動は慎むように」

父の言葉に無言でうなずくことしか出来なかった。

自室に引きあげ大きなため息をつく。つきすぎて逆にはぁはぁしている怪しい奴かも知れないくらい、ため息が止まらない。

認めざるを得ないとはいえ、気持ち的には認めたくないのだ。だって乙女ゲームに転生したとして、何故にヒロインでもなく処刑されるモブなのだ。せめてただのモブだったら思う存分この世界を楽しもうと思えるのに。

止まることのないため息をつきながら、ゲームでの明鈴の立ち位置を振り返ってみた。

悪役妃と称される正妃・如紅希の侍女として後宮にあがり、彼女の我が儘に振り回されて正体も精神もくたくたになった挙げ句、正妃の行動を諫められなかったことを責められて正妃と一緒に処刑される……はっきりいって最悪だ。自分の未来ながら可哀想すぎる。

それに加えて祖母は卯国王族、つまり兎の神獣の加護を受けていたため、明鈴は寅国に生誕しながらも兎の影響を受け継いでいる。狩られる側の明鈴にとって、虎の神獣の加護を受ける人の城にあがること自体が恐怖だ。文字通り喰われそうだと本能で思ってしまう。

でも、と顔を上げた。回避出来る可能性はあるのではないだろうか。だって自分はまだ侍女になっていない。幸いにも前世で全ルート攻略済み、つまりこの寅国ルートで起こることも当然頭に入っているのだ。

前世での社畜生活、胸が締め付けられるような本当の恋がしてみたかったのが本音だけれど、仕事に忙殺されて恋をする暇すらなかった。だからこそ架空でも恋を味わえて辛い現実から逃避出来る乙女ゲームが大好きだった。その乙女ゲームの世界に転生したのなら、それはご褒美であるべきなのだ。断じて処刑されていいはずがない。

「全力で処刑ルートを回避するわ！」

明鈴は立ち上がり、誰もいない部屋の中で宣言した。絶対に処刑を回避する。そうなれば、せっかく高い身分に生まれたのだから労働とは無縁のお気楽ライフを過ごせるはず。今世は恋をする時間も出来るかもしれない。


一晩考えを練った明鈴は、処刑ルート回避のための策を実行することにした。シナリオが進んでいる以上は行動あるのみだ。

扉を軽く叩き、声をかける。

「兄様、お話よろしいでしょうか」

「かしこまって、どうした？」

兄の佑順が扉を開けて顔を出した。明鈴が前世の記憶を取り戻してから面と向かってちゃんと話すのは初めてである。

佑順は薄茶の長髪をゆるく編み、浅縹色の袍に垂らしている。明鈴と似た薄茶の瞳は少し垂れており、優しげな雰囲気を漂わせている青年だ。だが気弱かというとそんなことはなく、目上の人に対しても物怖じせずに笑みを保っていられる気の強さを併せ持つ。その態度のせいでいつもヘラヘラしている奴だと城内では言われているらしいが。

「兄様、如紅希様を誘惑して欲しいのです」

「……は？」

「ですから如紅希様を――」

「いやいやいや聞こえてるから。そうじゃなくて、急に何言い出したのお前」

「兄様は女性に大変人気があると聞いたので、誘惑も出来るかなと思ったのです」

佑順は明鈴の前で他の女性の話は滅多にしない。おそらく妹だからだろう。だが明鈴はゲームでの佑順のモテっぷりを知っている。容姿が整っているうえ女性に対してはとても親切かつ丁寧な応対をするからだ。ただ口調が少々軽いので、総じて見るとチャラい奴という印象になってしまうのが残念だが。

「明鈴に言われて口説くのは何か嫌だな。しかも如紅希様だろ。相手が悪い、諦めろ」

寅国は皇帝と、建国からの名家当主である太師十二人の合議制で政が動く。もちろん最終決定は皇帝が行うが。その中の如太師は最も格上の家柄で、紅希はその娘にあたる。

「兄様なら太師の娘も惚れるかなと思ったのですが、まぁこれは冗談です。兄様の好みもあるでしょうからね」

明鈴は言うだけ言ってみようの精神だったので、すぐにこの案は諦めた。

「お前、真顔で冗談言うような奴だったっけ。諦めてくれたならいいけどさ」

確かに記憶が蘇る前はすぐに泣いたり笑ったりと、感情豊かに佑順に接していた気がする。だがしかし、今は緊急時なのだ。真剣な顔にもなるってものだ。

「仕方ありません。では、如紅希様と関係を持って欲しいのです」

「はぁ？　待て待て待て！　余計におかしなことになってきたぞ。いや認めん。可愛い妹の口からそんなふしだらな言葉が聞こえるわけがない！」

佑順は動揺しながら両耳を押さえた。その反応に言い方を間違えたなと明鈴も気付く。

「ご、ごめんなさい。そういう意味ではないのです」

「じゃあどういう意味だ？」

「ええと、如紅希様とお知り合いになりたくて。でも私では今のところ伝がないのです」

紅希の我が儘な性格は噂となって聞こえていた。紅希の気に障ったからという理由で、官吏が地方に飛ばされたなんて話を聞いたのも一度や二度ではない。こんな怖い人物には近寄らないようにしようと思っていたので、紅希との縁はあるはずも無いのだ。

「つまり明鈴のために如紅希様に近づけと？　お前な、俺をなんだと思ってるんだよ」

佑順の意見はもっともだが、巡り巡って明鈴以外の命も助かることにつながるのだ。

「これには深い、深ーい理由があるのです。どうしても如紅希様にお目にかかりたいのです。頼れるのは兄様だけなのです！」

「……悪いことは言わない、やめとけ」

佑順がため息交じりに言う。

「私も本音を言えばやめたいのですが、どうしても彼女と仲良くならねばならないのです」

「なんで？」

思わず返事に詰まる。佑順の疑問はもっともだが、転生やら乙女ゲームやらを説明して分かるだろうか。焦りながらも必死で考える。

下手に話してしまうとシナリオが大きく変わって明鈴の手に負えなくなる可能性がある。自分の行動は把握出来ても、他人の行動まで把握するのは難しいだろうし。そう考えると、やはり下手に言わない方が賢明だろう。これが正解なのか分からないけれど、今は最善だと信じるしかない。

「ええと詳しくは言えないのですが、もう頼れるのは兄様だけなのです。どうか会えるように手を貸してください。何でも言うことを聞きますから、お願いしますぅぅ」

明鈴は思わず佑順に抱きつく。

「うわ、鼻水垂らして泣くな。子どもかよ」

「にいさま、おねがいじまず。わだじのいのぢがががってるんでず」

「もう仕方ないな。会わせてあげればいいんだろ。誘惑しなくていいならやってやるよ」

「にいさまぁ！」

明鈴が嬉しさに顔を上げると、佑順は少し乱暴な手つきで頭を撫でてきた。

ゲームで見てきた佑順はチャラいモテ男という印象だったけれど、明鈴として見ると優しい兄だなと思う。そんな姿を見られるのは妹の特権だろう。


処刑ルート回避のために考えた作戦、それは悪役妃こと如紅希を正妃にしないことだ。

紅希が妃にならなければ、明鈴も虎の気配が満ちる恐ろしい後宮に入ることはない。単純明快な作戦だが、明鈴としても後宮で仕事するなど前世でいうキャリアウーマンのようなことは求めていないのだ。仕事に忙殺されるのは前世だけでお腹いっぱいである。

そしてこの作戦が成功すれば、明鈴だけでなく紅希の処刑も防げるという一石二鳥、もしくは三鳥くらいの得がある。紅希の処刑は自業自得な部分はあるけれど、今はまだ処刑されるようなことはしていないし、紅希が妃にならなければヒロインがいじめられることもない。みんなが死なずに嫌な思いもしないならば、そっちの方がいいに決まっている。

ゲームだと紅希は街で破落戸に絡まれているところを、偶然通りかかった大牙に助けられたのがきっかけで恋に落ちた。まぁよくあるパターンである。自分の気持ちに真っ正直な紅希は、実家の権力をフルに使い正妃の座に納まったのだ。つまり『紅希の初恋フラグを折る』、これがミッションだ！

紅希の初恋フラグを折り、かつ正妃にならないように導くために紅希と仲良くならなければならない。そのために佑順に泣きついて協力を頼んだのだ。正直なところ、こんな苛烈な性格の人にはあまり近寄りたくないのだけど仕方がない。生き延びるためだ。逃げたくなる自分に頑張れと言い聞かせる。

そして決戦の日がやってきた。

大きな門にびびり、門から屋敷までの長い距離にびびり、池を二つも越えてびびり、屋敷の巨大さにもびびり、通された部屋の調度品のきらびやかさにびびり散らしたけれど、必死に平静を保とうと頑張る。でも場違い感が半端なくてやっぱりびびる。

ずいぶん待たされて忘れられてないかなと不安に思った頃、やっと紅希がやってきた。

「お初にお目にかかります。季佑順と申します」

緊張に固まる明鈴を横目に、佑順が口を開いた。

紅希はさらさらの紫黒色の髪が腰まで伸び、切れ長の目は勝ち気に輝いている。背も明鈴より高く、前世で言うモデルのような美しさだった。一目見て高価だと分かる刺繍だらけの衣を着慣れたように身につけている。生で見るとますます派手な美人だなと、あっけにとられてしまった。

「そう。横にいるその子は？」

「妹の明鈴です。年も紅希様の一つ下と近いゆえ、話も弾むかと連れて参りました」

「ふうん。そういうの別にいいわ。用件は」

紅希は自分の爪を見ながら言った。興味がないというのが嫌でも伝わってくる。

「ははっ、せっかくお目にかかれたのです。もう少しゆっくりとお話ししませんか」

「父があなたに会えとしつこく言うから、仕方なしに顔を出しただけ。面倒くさいからさっさと用件言って帰ってちょうだい」

そっけない返しに、さすがの佑順も引きつった笑みを浮かべている。

「なるほど。お父上は勘づいておられるのでしょうね。次期皇帝である大牙皇子にはまだ正妃がいない、そして今、側近であるわたしが訪ねてきた」

「……私が正妃にふさわしいか値踏みに来たってこと？」

話の思わぬ展開に、出そうになった悲鳴を必死で押しとどめた。

正妃にしないために頑張っているのに、正妃にしようとしてどうするんだ。慌てて佑順の背中の衣をつんつんと引っ張る。

「いえいえ、そこまでは申しておりませんよ」

佑順にぺんっと後ろ手に払われてしまう。

「言っているも同然じゃない」

「ご機嫌を損ねてしまいましたかね」

佑順が苦笑いした。こっそりため息もこぼしたのを明鈴は見逃さない。

『兄様、正妃って聞いてませんよ』

紅希に聞こえないように小声で文句を言う。

『方便に決まってる。理由なく訪問できないだろ』

佑順も体を傾けながら、小さな声で返してきた。

なるほど。確かに理由は必要だ。それが無いから佑順に頼んだわけだし、佑順は明鈴のために訪問理由をひねり出してくれたらしい。でも一番嫌なところをピンポイントで突いてきてるんだよ、兄様！　と心の中で盛大に叫ぶ。

静まりかえったのを見計らったかのように如太師が部屋に入ってきた。

「佑順殿、我が家への来訪嬉しく思いますぞ。ささ、向こうで少し話をしませんかな。紅希、妹御の相手をしてあげなさい。くれぐれも失礼の無いようにな」

太師の登場により、唯一の味方である佑順は出て行ってしまった。部屋の中には明鈴と紅希のみ。気まずい空気が流れる。

いや、尻込みしていてはいけない、これは佑順が作ってくれたチャンスだと思い直し顔を上げた。礼の姿勢を取り、勇気を出して声を出す。

「あ、あの、私、季明鈴と申します。如紅希様にお目にかかれてとても光栄です」

少し声が震えてしまったけれど、ちゃんと挨拶出来た。

「そう」

一言のみ……。無視されなかっただけ良いのかも知れない。

「えっと、あの、紅希様は何かお好きなものはありますか？」

「別に」

「そ、そうですか」

「人に聞くなら自分のことをまず教えなさい」

きつい言い方に心が折れそう。だが、まぁその通りだなとも思った。相手の心を開きたかったらまず自分から開かないと。

「思い至らず申し訳ありません。そうですね、私の好きなものは、ね……」

猫と言っても大丈夫だろうか。この世界の常識では猫好きと言った時点で変人扱いされるかもしれない。猫好きなことを恥じるつもりはないが、変人だと思われて仲良くなれないのは困ってしまう。

「どうしたのよ。今言いかけたでしょ。別にどんな変なものでも構わないわよ。どうせこの場をしのぐだけの会話なんだから」

　にべもない言い様だ。だったら言ってやるぞと謎のやる気がみなぎる。

「私、猫が好きなんです！」

「へ？」

　紅希がポカンとした表情で、口を開けたまま固まっていた。

「だから猫が……あの、どんな変なものでも構わないっておっしゃったのは紅希様ですよ」

　思わず拗ねたような声になってしまう。

「そうだけど、まさか猫とは……変な子。でもいいわ、あなたが言ったのなら私の好きなものも教えてあげる」

　紅希がちょいちょいと手招きしてきた。近寄れということだろうか。

　迷っていると、じれたように紅希が「早くこっちに来て」と言ってきた。慌てて近寄ると、内緒話するように明鈴の耳に顔を寄せた。ふわりと香水のあまい匂いが漂ってくる。

『手に入らないものよ』

　ささやくようにこぼれた言葉に明鈴は首を傾げる。なんとも抽象的な答えだ。けれど、紅希はそれ以上何も教えてはくれなかった。

　紅希はあれから明鈴を屋敷に呼ぶようになった。明鈴としては願ったり叶ったりだが、自分の何を気に入ってくれたのだろうかと少し不思議である。

今日は通算五回目の屋敷訪問だ。二回目までは佑順が付いてきたが、三回目以降は一人で大丈夫だと断った。明鈴の前では忙しさを見せないものの、佑順は皇子の側近なのだから城では仕事が山ほどあるに違いないと思ったからだ。でも同行を断ったら年頃の娘が一人で出歩くのは危ないとごねられ、手の空いた使用人を供につけようとしてきたから、昼間に出歩くくらいは今までも一人だったので遠慮させてもらった。なんだろう、前よりも過保護になってきているのは気のせいだろうか。

だが、処刑ルート回避のための『紅希の初恋フラグを折る！』は、思いのほか上手くいっているように思う。だって出会って半月くらいしか経っていないのにこれだけ呼んでくれるのだ、もう知り合いを通り越して友人と言ってもいいんじゃないだろうか。明鈴は嬉しくてにこにこしながら佑順に話す。佑順には暇つぶしに呼びつけられているだけだと呆れたように返されたけれど。

そして本日は紅希が大牙に助けられる日だ。シナリオだと紅希が使用人を連れて街に買い物に出るのだが、その態度が気に入らなくて使用人を置き去りにして一人で行動してしまう。その際に破落戸に絡まれたところを大牙に助けられて恋に落ちるという流れだった。

つまり紅希が今日一日屋敷から出なければ、大牙に助けられる必要もなく、ひいては恋に落ちることも防げるということだ。明鈴は紅希を屋敷から出さないために「いつもお喋りが尽きないので泊まりたい」と申し出て許可をもらっている。この一日に今後の運命がかかっているため気合いも事前準備も十分だ。

紅希の屋敷はいつも美味しいお茶菓子が用意されていて、今日も見目麗しい細工菓子や上品な甘さの饅頭が何種類も出された。

「紅希様はいつもこんなに美味しいお菓子を食べられて羨ましいです」

「意外と貧乏なのね。ならここで暮らす？」

紅希が不敵な笑みを浮かべた。彼女はあくどそうな微笑みがよく似合うなと思う。別にこれは悪口ではなく、紅希の美貌でやると映えるのだ。

「いえいえ滅相もないです。それにしても紅希様は太ったりなさらないのがすごいです」

「別に、いつもこんなにお菓子が用意されているわけではないわ」

「そうなのですか。では私はたまたま幸運な日に当たってるんですね。へへ、嬉しいな」

「気付いてない……恐ろしく鈍いようだわ」

紅希がぼそりと何かを言った。

「んん？　ほうはなはひまひたか（どうかなさいましたか）」

ちょうどごま団子を頬張った直後だったので、もごもごと聞き返してしまう。

「なんでもない。行儀が悪いわ、黙って食べなさいよ」

ゲームの中の紅希は意地悪ばかりして嫌な奴だなと思っていた。だが、こうして実際に話してみると、とっつきにくいところはあるかも知れないけれど普通の女の子だ。勝手に遠巻きにしていたのが申し訳ない気がしてくる。

「そういえば、紅希様の好きなものの話なんですが」

今度は叱られないように口の中のものを飲み込んでから問いかけた。

「気になるの？」

「はい。何か具体的なものを指しているのかと考えていたのですが、違うのかなと思いまして。もしや紅希様はなんでも手に入ってしまわれるので、簡単には手に入らない事柄がお好き、ということでしょうか」

「まぁ、そんなところね」

やはりなと思った。

「だったら、紅希様にとって正妃の座はあまりお好きではないということになりますね。今の状況だと簡単に手に入ってしまいますから。身分は申し分ないし、誰もが振り返るほどお綺麗ですし、他の候補者がかすんでしまいます」

ここぞとばかりに正妃に興味を持たないよう誘導する。

「私は自分が認めた人の妻になると決めているから、会ったこともない皇子の正妃にあまり興味は無いわ。お父様は私に甘いから好きなようにすればいいっておっしゃってるし。でも先日の様子を見ると、内心では正妃になって欲しいのでしょうね」

身分が高い家に生まれた以上、政略結婚とは切っても切れない関係だ。自分の好きな人と添い遂げたいと言い切る紅希は珍しい部類だろう。だけど、前世の記憶がある身からすると気持ちはよく分かる。前世では好きな人と結婚するのは当たり前になっていたから。そう考えれば、紅希は自由恋愛に憧れるただの少女と言える。この世界の貴族に生まれて、それが難しいことであるのは承知しているが。

ゲームの中の紅希は大牙を好きなあまり暴走してしまった。好きになった大牙の心は簡単には手に入りそうもなくて、紅希は余計に恋心に火が付いたのかもしれない。ライバルであるヒロインを攻撃したのは許されることではないが、初めての恋に必死だったのだと思えば可愛いと言えなくもないし。

本来なら紅希の初恋を壊すのはいけないことかもしれない。でも、紅希を死なせたくないなと思った。紅希の初恋は己の身の破滅を招くのみだから。紅希の良さを分かってくれる相手はきっと他にいるはずだ。

「紅希様が正妃となって後宮へお入りになったら、こうして一緒にお茶も飲めなくなってしまいますね」

いかにも拗ねたような表情で言ってみた。自分ごときの存在で妃になるルートの足止めになるとは思わないが、話のとっかかりとしてちょうど良いと思ったのだ。

「あら、寂しいの？」

心なしか紅希の表情が嬉しそうだ。

「もちろんです」

「じゃあ逆にもし後宮に上がることになったら、明鈴も一緒にいらっしゃいよ。侍女にしてあげるわ」

ちょ、ちょっと待ってくれ！　最悪の方向に話が流れてる。

明鈴はだらだらと冷や汗を流しながら、必死に会話の方向を曲げる。

「い、いやぁ、その、なんといいますか、妃はなってからが大変らしいですよ。特に正妃は国の行事には必ず参加しなければなりませんし、後宮内で問題が起きたら解決しないといけませんし、そもそも後宮内のしがらみとか面倒くさいですし。他にも諸外国からの使者のもてなしとか、皇帝に報告するまでもない小さな事柄の報告を受けてどうするのか判断したりとか、本当にやることが次々と舞い込んでくるんです。しかも失敗したら責任とらなきゃいけないし。謝って済むならいいですけど、済まなきゃ最悪処刑されます。死ぬほど忙しいくせに責任も重いしで、本当に割に合わない。本気でやめた方がいいです。正妃なんてなってもいいことなんて無いですよ。私だったら絶対に嫌です！」

はぁはぁと息が切れる。思わずゲームの知識を引っ張りだしてまくし立ててしまった。

ほとんどを侍女である明鈴に放り投げていたけれど、正妃の仕事はこれ以外にも細々とあるのだ。正妃なんて真面目にやっていたら過労と責任の重さで絶対に病むと思う。

ゲームの中で明鈴はこれらの仕事を紅希から押しつけられ、なおかつ侍女として紅希のお世話もして、紅希の思いつきの我が儘に振り回され……本当に不憫だった。

「言われてみれば確かにそうね。いろいろ面倒くさそうだわ」

「そうなのです。面倒くさいのですよ」

分かってくれたと、ほっと胸をなで下ろす。

「ふふっ、明鈴って話せば話すほど変な子。普通だったら正妃になれるならどんなことでもやってやるって人間ばかりなのに。少なくとも、私に近寄ってくるのはそういう人間ばかりだったわ」

「私はのんびり平穏に暮らしたいだけなのです。正妃なんてその真逆ではないですか」

「へぇ、やっぱり変な子」

紅希は無邪気に笑っていた。初対面の高慢ちきな態度とは似ても似つかぬ、可愛い笑顔だった。

その後も紅希と他愛も無いお喋りをし、異国の珍しい絵巻を見せてもらったり、紅希の衣装を何着も着せ替えられたりしてその日は過ぎていった。正直、初恋フラグのことを忘れるくらい普通に楽しんでしまった。

「乗り切ったわ！」

達成感に満ちあふれた明鈴は、高々と両拳をあげた。

まだ紅希のお屋敷の門を出たばかりだが、初恋フラグは昨日に過ぎ去っている。これで紅希が大牙に恋をすることはない。出会ったときに恋に落ちる可能性はゼロではないため、警戒は怠ってはいけないと思うけれど。でも友人としてこれだけ紅希と親しくなれたのだ。紅希と大牙が出会いそうになったときは邪魔をするチャンスもあるはずだ。

朝餉も食べて行けと勧められ、その後もなんだかんだと引き留められていたので、あと少しで正午になるといった時刻。街中は活気に溢れ、露店からは威勢の良い声があがっている。街の音を聞きながら意気揚々と歩き出した、そのときだった。

「明鈴、忘れ物よ！」

紅希の声がした。慌てて振り返ると、紅希が風呂敷包みを手に持って走ってきているではないか。供も連れていないところを見ると、とっさに明鈴を追いかけてきたのだろう。

明鈴は来た道を戻る。

「紅希様、ありがとうございます」

「忘れ物ないか確認したときに無いって答えたくせに」

「も、もうしわけありません」

深々と頭を下げる。達成感に浮かれていたせいで紅希に迷惑をかけてしまった。

「じゃあ戻るわ。急に飛び出したから家の者が騒いでるでしょうし」

紅希はそういうと踵を返す。そのとき、男が紅希にわざとぶつかってきた。

「おう、痛えな」

「は？」

「あー、これ骨折れた。どうしてくれるんだ、綺麗な姉ちゃんよ」

「どうもしないわ。だって折れてなんかないもの」

不味い、完全に絡まれた。しかも紅希も引く様子が無い。いつもだったら紅希は供を連れているからこんな風に絡まれることはないだろう。だけど今は誰もいないのだ。

「いーや、折れてるね。痛くて痛くてたまんねぇ。ほら謝れよ」

「嫌よ」

じりじりと男が紅希に近寄っていく。すると、男の背後から似たような男達がさらに集まってきた。どうやら仲間らしい。

一瞬、紅希が破落戸に絡まれているのを大牙が助けるシナリオが頭をよぎる。でも、明鈴は頭を振ってその考えを追い出した。だって、それは昨日起こるはずの出来事だ。今日はたまたま破落戸と遭遇してしまっただけ。

そこまで考えてはっと気がつく。つまり大牙の助けは来ないのだ。ならばこの破落戸達はこのまま紅希を傷つけるかもしれない。

「下がって、紅希様」

明鈴は両手を広げ、紅希を背に守るように破落戸達の前に立っていた。

「ちょっと明鈴、何をしているの」

「紅希様は私が守ります」

本来であれば大牙が助けてくれたのに、明鈴が邪魔をしたせいで助けはもう来ないのだ。だったら自分が守らなくてはいけない、それがシナリオを変えた己の責任だと思った。

「明鈴、いいから。ほら震えているじゃない」

紅希がどかそうと後ろから帯を引っ張ってくる。だが、明鈴は踏ん張ってその場を動かなかった。

本音は怖い。ものすごく怖い。涙が溢れそうになるのを唇を噛んで耐える。紅希に指摘されたように足の震えも止まらない。自分よりも大きな男達に囲まれて、今にも拳が飛んできそうだ。運が悪ければどこかに連れ去られるかもしれない。

でもこうして時間稼ぎをすれば、紅希の家の人達が捜しに来てくれるだろう。それに賭けるしかない。

「友情ごっこかぁ？　泣かせるねぇ。じゃあ遠慮なく二人ともこっちに来てもら――」

しゃべっていた男の手が伸びてきた、と思った瞬間だった。

鈍い音がしたと同時に男の姿が視界から消えた。代わりに映り込んだのは、漆黒の中にきらめく金色だ。

「鬱陶しいな、ただの破落戸が」

ぼそりとつぶやく声は、低くとも張りがある。

そこには乙女ゲームのスチルで何回も見た寅国皇子の虎大牙がいた。

「な……んで？」

現れるはずのない大牙がなんで目の前にいるのだ。明鈴はどういうことなのか分からず、ただ呆然と大牙を見上げていた。

背が高く引き締まった体格に、金色の毛束が混じる長い黒髪が風に揺れている。少しつりぎみの切れ長な目に大きな口、ゲーム内でワイルド系イケメンと称されていただけはある。破落戸達を威圧するかのように立つ大牙は、虎の神獣の加護を受けているのも納得の迫力だった。

大牙がちらりと明鈴を見た。金色の瞳がすっと細められる。ただそれだけなのに胸ぐらをつかまれたような、言い知れぬ気配を感じた。震えが足だけでなく心にも広がっていく。

怖い、まとう空気が他とは違うと本能的に思った。

大牙の視線が残りの男達に戻った途端、明鈴は小さく息を吐く。気付かぬうちに息を止めていたらしい。

「邪魔だ、お前ら消えろ」

大牙が男達に言い放つ。しかし、男達の方は人数が多いせいか、逆にニヤニヤとした笑みを浮かべている。

「兄ちゃん一人で何が出来る」

男達が大牙を囲むように散らばった。しかも、短刀まで取り出した。

「笑わせるな。俺の機嫌は最悪だ、お前らこそ後悔するぞ」

大牙は腰に下げていた剣を抜くことなく腰を少し落とした。と思った瞬間、まずは目の前にいた髭の男を足払いで転ばせ、鳩尾に拳をいれた。男は泡を吹いて気絶している。その鮮やかな動きを見た残りの男達に動揺が走った。

大牙は止まることなく立ち上がると、右方向にいた男を殴り、左方向から斬りかかってきた男の手首を蹴り上げる。男が落とした短刀を拾い上げ、素早く鼻の先に突きつけた。

「ひぃ」

短刀を向けられた男は悲鳴と共に腰を抜かし、這うように逃げ出す。それを見た他の男達も一斉に逃げていった。

明鈴は大牙が破落戸達を追い払うのを冷や汗を垂らしながら見ていた。これはどういうことなのだろうかと必死で考える。紅希が恋に落ちる出来事は昨日だったはず。だけど今目の前で起きたことは『破落戸に絡まれた紅希を大牙が助けた』というゲームの中のシナリオと一緒だ。

　理由は分からない。けれど、大牙が助けに来たら紅希は恋をしてしまうだろうし、恋に落ちたら紅希は親の権力をフル活用して大牙の正妃になってしまう。

「失敗した……」

　震えた声でつぶやく。

　つい先ほどまで処刑ルートを回避出来たと喜んでいたのだ。それなのに、全然回避など出来ていなかった。

　大牙が明鈴の方を向いた。じろりと見下ろされる圧に無意識に腰が引けてしまう。

　どうしよう、上手く出来なかった。どうしよう、このままじゃこの人に処刑されるんだ。

　どうしよう、どうしよう――

　大牙が一歩近寄ってきた。明鈴は一歩下がる。また大牙が一歩詰める。明鈴が下がる。

　そうしているうちに紅希にぶつかってしまう。

「明鈴、大丈夫？　真っ青よ」

　振り向くと紅希が心配そうに眉を寄せていた。

　息が上手く出来ない。怖い、助けて欲しい。思わず紅希に手を伸ばしかける。

　だが、その手は途中で大牙につかまれた。

「おい、何故逃げる」

　大きな手につかまれた手首が熱い。見下ろしてくる瞳が怖かった。

「嫌(いや)！」

明鈴は勢いよく腕(うで)を振り上げ、大牙の手を振りほどく。そして混乱のあまり、一目散に逃げ出したのだった。

屋敷(やしき)に帰ると、明鈴は自室に引きこもった。部屋の外で母が心配していたが、紅希のところで気疲(きづか)れしたのではという使用人の言葉に納得したようだ。

まさか大牙と遭遇するとは思わなかった。なんであそこにいたのだという疑問はあるけれど、それより何よりとにかく怖かった。前世でプレイしていたときも大牙は怖い人だと思っていたが本物は迫力が違う。目が合っただけで息が止まったからね！　悪役妃の侍女(じじょ)になったらあんな怖い人と後宮で顔を合わせることになるのだ。そんなの絶対無理である。

明鈴は寝台(しんだい)で上掛(うわが)けを頭から被(かぶ)り、雪だるまならぬ布だるまになった。慣れ親しんだ上掛けの香(かお)りは落ち着く。だんだんとその香りと感触(かんしょく)に癒(い)やされて混乱も収まってきた。

「もしかして昨日あの破落戸に絡(から)まれるイベントが起こらなかったから、今日に移行されたってことなのかな？」

布だるまの中でつぶやく。

そう考えれば大牙が現れたのも辻褄があう。ここは乙女ゲームの世界なのだ。基本的にシナリオ通りに出来事は起こっていく、そういう風に出来ているのだろう。だとすれば、少しくらい明鈴が流れを変えたところで、進むべきルートへ戻すためにシナリオが修正されてしまうのだと考えられる。

「シナリオの強制力、半端ないわ」

あまりのことに震えが全身に走った。

明鈴にとって大牙の登場は驚きでしかなかったが、紅希にしてみたら颯爽と助けに来た皇子様と映っただろう。きっと恋をしてしまったに違いない。そして、明鈴は紅希と仲良くなってしまった。確実に紅希は明鈴を侍女として後宮へ連れて行くだろう。

「詰んだ！」

明鈴は芋虫のように寝台の上でうごうごと悶えるのだった。

しかし明鈴の心配を余所に、紅希は正妃になりたいなどと言いださなかった。初恋フラグは何とか折ることが出来たのだ！　予想が外れて驚いたけれど本当に良かった。シナリオの強制力は働いたかもしれないが、結果的に明鈴の努力が報われたらしい。

なおかつ、大牙からの叱責も危惧していたのだが何の音沙汰もなかった。数日間はびくびくして父の様子を窺ったりしていたのだが、父は機嫌良さそうにしているので免れたようだと判断。これで処刑ルートを回避出来たと安心して、のんきに野良猫探しをするくらいには浮かれていたのだ。

だが、それは甘い考えだったとすぐに気付くことになる。

正装をした明鈴の足取りは重く、城内の謁見の間へと赴く。なんと大牙から城への呼び出しを受けたのだ。無いと思って浮かれていただけに、受ける衝撃が倍増した気がする。

大きな扉が開き、まずは赤い敷物が目を射貫く。入り口から玉座へと続く赤い絨毯にゴクリと唾を飲み込んだ。一歩踏み出せば手入れが行き届いているであろうふかふかな絨毯の弾力に震える足が滑りそうになる。緊張が一気に増したので明鈴はすぐに下を向いた。余計なものは見ない方が良いと判断したのだ。

そこで待てと言われた場所まで進むと、頭を垂れた姿勢のまま止まる。

「面を上げよ。工部尚書の娘、季明鈴だな」

無情にも顔を上げろと言われてしまった。仕方なしに錆びたブリキのおもちゃのようにぎこちなく顔を上げる。

目の前には玉座の前に立つ大牙がいた。まだ正式に帝位を継いでいないので座っていないのだろう。ただでさえ身長が高いのに、壇上で立っているので余計に見下ろされ圧を強く感じる。やはり怒っていそうだと思った。

「季明鈴、そなたに話があって呼び出した」

「申し訳ありませんでした！」

明鈴は再び頭を下げる。怒られる前に謝ろう、それくらいしか怒りを和らげる案が思い浮かばなかった。礼を欠いた行為をしたのは事実なのだから。

「なぜ謝る」

不思議そうな声だった。明鈴は恐る恐る顔を上げる。

「え……先日の、助けていただいたとき、その」

しどろもどろに説明しようとするも、余計にどつぼにはまりそうな気がして言葉を濁す。

「そうか、悪いと思ってるわけだ。なるほど」

大牙が面白いものを見つけたとばかりに、にやりと笑った。

背筋に冷や汗がつうっと流れる。あれ、発言を間違えたかもしれない。

「季明鈴。そなたを正妃に召し上げる」

えっ！　と謁見の場にふさわしくない声が思い切り漏れ出てしまった。

でも仕方ないだろう。いくらなんでも予想外すぎる。

「わ、私には、正妃など恐れ多いことです」

思い切り首を左右に振る。正妃なんて柄じゃないし、そもそもこんな怖い人の側に行くなんて無理だ。

「ほう、断るというのか？」

　大牙が壇上から下り、明鈴の目の前に来た。

「断ると申しますか、ええと、その、もっとふさわしい方がおいでになるかと思います」

　言いながら明鈴の視線は床へと落ちていく。だからその威圧が怖いのだ。

「つまり『嫌』なのだな。お前がそれを言うのは二度目だな」

　ハッとうつむけていた顔を上げた。大牙は言外に、二回も機嫌を損ねるつもりなのかと言いたいのだ。

「嫌、というわけでは……ないのですが」

「ならば良かろう」

「あの、ええと、なんと申しますか、私では荷が重いかと、その思うので、大変光栄なお話ではありますが――」

　明鈴のぐちぐちと回りくどい言葉を遮るように、大牙が口を開いた。

「お前は悪いと思っているのだろう？　ならば謝罪は正妃となって行動で示せ」

　これ以上反論は聞かないとばかりに、大牙は言い切ると謁見の間を去ってしまった。取り残された明鈴はどうしてこうなったと混乱するばかりだ。

　ゲーム内では大牙に助けられた紅希が正妃になったのに、どうして明鈴なのだろうか。

現実には紅希だけでなく明鈴も助けられているから、ある意味シナリオ通りといえるのかもしれないが。いやマジでシナリオの強制力意味不明！　と叫びたい。

紅希と明鈴だったら、普通は紅希の方を選ぶと思うのに。確かに紅希の性格は癖があるかもしれないが、家柄は最高だし美人だし意外と優しいところもあるし。それなのに明鈴を選ぶ理由はなんだろう。助けられたのに礼も言わずに逃げたことにムカついたから、だろうか。考えついた内容が切なすぎるけれど。

明鈴が悪いと思っていることに気がついた瞬間の、あの大牙の悪そうな笑顔が思い浮かぶ。大牙は立場上、誰かを正妃に選ばなくてはならない状況だ。今回は紅希が正妃になろうとしなかったから大牙が選ぶのだろうが、誰でもいいなら暇つぶしになりそうな奴にしようと思ってもおかしくない。

だって大牙はバッドエンドだと『黒獣堕ち』をして皆を殺しまくるし、トゥルーエンドではヒロインを独占するために邪魔な人を処刑してヒロインを監禁するという、猟奇的な思考の持ち主なのだ。面白そうという嫌がらせみたいな理由で、明鈴を正妃に召し上げてきた可能性は十分に考えられる。いや、あの腹黒そうな笑みからして絶対に嫌がらせに違いない。

「嫌がらせで求婚って、意味分からないんですけど」

明後日の方向を見ながら、明鈴はぽろりとこぼすのだった。

佑順は柱にもたれながら謁見の間から戻ってくる大牙を待っていた。側近として大牙の側にいるべきなのだろうが、大牙に「お前は外で待機だ」と言われてしまったのだ。仕方なしにこっそり物陰に潜んで見物していたのだが、どうして大牙が自分を追い出したのか分かった気がした。

大牙が眉間にしわを寄せた表情で佑順の前を通る。止まることなく通り過ぎるので、そのまま追従するように佑順も歩き出した。

「大牙皇子、まずは正妃の決定おめでとうございます」

大牙はちらっと見ただけで無言だ。これはご機嫌斜めだなと苦笑する。

「ところで、我が妹を正妃に選んだのは政治的なものだとおっしゃっていましたが、本当は他にも理由がおありで？」

大牙の歩みが止まった。

「おい、誰もいないところでの白々しい敬語は気色悪い。言いたいことがあるならはっきり言え」

「じゃあ言うけど。明鈴と面識があるなんて聞いてない。いったいどこで会ったんだよ」

正妃に誰を据えるかというのは慎重に選ばなくてはならなかった。身分的には太師達の娘の誰かを正妃に迎えるのが望ましいが、下手に選ぶと派閥の勢力図が変わり政争の火だねになってしまう。皇帝専制政治を望む一派、傀儡皇帝を立てて臣下が政治を担うことを望む一派、さらに禁軍に力を持たせたい一派に分かれており、現状は三つ巴の状態で均衡が保たれている。正妃選びでこの太師達の勢力図を変えたくないのが本音だった。

派閥に属していない穏健派の人物の娘、しかも大牙につりあう年頃となると人数がかなり絞られてくる。その中に明鈴はいた。工部尚書の娘なので身分は少し劣るが、卯国王族の血を引いていることで周囲も納得させられるだろう。しかも佑順の妹だから人柄も保証済みだ。

そういう政治的な思惑で明鈴にすると大牙は言った。自分としても妹なら変な心配はいらないと思って納得したのだ。おそらく妹は荷が重いと逃げ腰になるだろうが、まぁそこは兄である自分が支えてやればいい、そう楽観的に考えていた。下手な家へ嫁に出すより、大牙の正妃の方が気軽に会えるという打算もないとは言わないが。

可愛い妹なのだ、変な男にやるのは嫌だ。兎の特徴を色濃く継いだ明鈴はとても怖がりで、いつも自分の後ろに付いてきた。守ってあげると嬉しそうに笑顔を向けてきて、己のすべてを兄である自分に託しているような信頼が心地よくて……つまり可愛がるに決まっている。

今日の明鈴の動揺っぷりを見るに、二人の間に何かあったに違いない。

「街中で、破落戸に絡まれているところを助けただけだ」

大牙がぼそりと言った。

「助けたのに何であんなに怖がられてんの？」

「……………知らん。俺が知りたい」

そう言うと、大牙は再び歩き出す。

明鈴が正妃の候補になっていたのは事実だが、その中から選ばれた理由は出会ったときのことが関係していそうだ。もし会った際に嫌な人物だと判断していたら正妃になど選ぶはずがない。いったい、何が大牙の心に刺さったのか分からないけれど。

普段の明鈴は目立つことが苦手で端っこの方でのんびりしていることが多いから、通常であれば大牙の目に留まることなど考えられない。ただ、ここ最近の明鈴は切羽詰まった様子だった。何か考え込んでいたり、理由は分からないけれど如太師の娘と仲良くなったり、珍しく自ら行動していたように思う。そのせいで大牙の目に留まってしまったのかもしれない。

明鈴は虎の尾を踏んでしまったのだろう。もう後戻りは出来ないのだ。

「さて、どう転がっていくのかな。楽しみ半分、心配半分ってとこか」

妹は可愛いが今回だけは助けてあげられない。これでも大牙の側近なのだ。

大牙本人が選んだのだから、明鈴が己にとって必要だと思ったのだろう。ならば、大牙の側にいる自分はそれを手伝うのみ。もちろん明鈴が困っていたら可哀想なので、出来る範囲では手を貸してあげるつもりだけれど。

佑順は苦笑を残し、己の主であり友でもある大牙を追いかけるのだった。

第二章　兎の嫁入り

　ふと顔を上げると風虎城が見え、明鈴は思わず輿を止めさせた。小高い丘の上に城砦が築かれているので、都の中にいればどこからでも視界に入るのだ。有事の際は民を招き入れて籠城出来るようにと堅固な造りになっているが、皇帝の住処でもあるので門や柱などへの装飾はとても手の込んだ華麗なものになっている。

　大牙より正妃に召し上げると言われてひと月が過ぎており、この間に先の皇帝を弔う儀式が行われていた。それらが一段落した本日、ついに後宮へと上がる。

　近づいてきた風虎城を見上げると、晴れ渡っているのに何故か涙のように雨粒が数滴降ってきた。まるで明鈴の心を写し取ったみたいだ。不安で泣きたくなる気持ちを抑え込むように、母が持たせてくれた風呂敷包みを抱きしめる。

「明鈴様。緊張するお気持ちはお察ししますが、そろそろ行きませんと」

　輿を止めるように言った明鈴に、幼い頃から世話してくれている使用人が心配そうに声をかけてくる。後宮に入ってしまったら彼らにも会えないかもしれないと思うと、余計に気持ちが重くなってしまう。

この国では婚姻の際、嫁側の親は家で見送るしきたりだ。相手の家から迎えが来て任せた時点で自分達の子どもではなくなるから、ということらしい。大牙からも当然迎えの輿を寄越すとの申し出があったが、仰々しくしたくなかった明鈴は丁重に辞退した。城から来た華美な輿に乗って街のど真ん中を進むなんて、注目をあびまくって恥ずかしいにも程があるからだ。しきたり通りに両親には実家で見送りをしてもらい、輿は実家の質素な身の丈に合ったものを使わせてもらった。

父が奮発して調度品などをそろえてくれたので、父の頑張りの成果はもう先に運び込まれているはずだ。足りないのは明鈴本人だけ。内心、両親に対して頑張ってくれなくていいのにと思っていた。でも正妃に召し上げられたことを嬉しそうに、そして誇らしそうにして支度をしてくれる両親を見て、明鈴は後宮に上がりたくないと言い出せなかった。

だから兄である佑順に相談したのだが助けにはならず、むしろ運の尽きだった。明鈴が紅希との接点を作るために佑順にお願いをしたとき『なんでも言うこと聞くから』と縋った。それを言質に取られ、今度は明鈴がお願いを聞く番だから正妃になってよと言いだす始末。「妹が正妃だなんて鼻が高いなぁ」と白々しく言ってきて、もう自分ではどうにも出来ず流されるままにここへ来たのだった。

だが冷静に考えてみれば、正妃になることを断ったら大牙の機嫌をさらに損ねることになるだろう。ただでさえ良く思われてないのに、これ以上逆らったら処刑されてしまうかもしれない。明鈴だけで済めばいいが下手をしたら家族にも被害が及ぶ可能性だってある。

ゲームのシナリオを思い浮かべ、襲ってきた寒気に背中をぶるっと震わせる。大牙にとって人の命はそこまで重くないのだ。だって大牙は、身内でさえも殺せてしまう人だから。

そこに思い至ると、悪あがきは諦めるしかないのだなとため息をつくのだった。


厳つい虎が両側に彫刻されている城門を通り抜けると大牙が待ち構えていた。じっとこちらを見据えていて、早くも回れ右をしたくなる。肉食獣に睨まれた小動物だ。

大牙がずんずんと歩いてくる。背が高いので歩幅も大きいのだろう。あっという間に明鈴の目の前にきた。

「逃げずに来たこと、褒めてやる」

明鈴が縮こまったのを見て大牙は笑った。この笑みが爽やかなものならばまだいいのに、どこか含んだような笑みに見える。本当に何を考えているのか分からなくて恐ろしい。

「お、お召しにより、参りました」

とにかく機嫌を損ねないようにと深々と頭を下げる。すると頬に手の感触がしたと思った瞬間、くいっと顔を上げさせられた。

「あぁ、よろしく頼む」

至近距離で大牙と目が合う。明鈴の心まで見透かすように金色の瞳が細められた。あまりの近さに明鈴の頬が赤くなる。

「へ？　あ、あの、ちか、近いです！」

肉親以外の男の人とこんな近い距離で顔を合わせるなんて初めてのことだったので、もう頭の中は真っ白だ。危機を感じた本能のままに大牙の手から逃れようともがく。

「お前はいつも逃げようとする。もう俺の妃なのだから側にいろ」

大牙のもう片方の手が明鈴の背中にまわった。体がぎゅっと密着してしまう。

「ひっ……！」

ただ息が漏れただけ、まともな悲鳴すら出なかった。

抱きしめられている。自分を将来処刑するかもしれない人にだ。じわりと内側から震えが襲ってくる。今にも涙がこぼれそうだ。

「はい、そこまでー」

気のぬけた声がして、明鈴の体が別の腕に拘束された。お腹にまわされたその腕の主を見上げると、呆れた表情を大牙に向ける佑順がいるではないか。

佑順によって大牙と引き離され心からほっとした。

「兄様、ありがとう」

「いーえ、どういたしまして。これがわたくしのお役目ですから、正妃様」

佑順がわざとらしく「正妃様」と呼んできた。明らかに面白がっているのは少し腹立たしいけれど、助かったのは事実だからありがたいと素直に思っておこう。

「佑順」

大牙が眉間にしわを寄せて佑順の名を呼んだ。だいぶ機嫌を損ねていそうなのに、佑順は気にした様子もなく「はい？」と笑顔で首を傾けている。

「俺の邪魔をするな」

「皆が見てますよ。明鈴は初心なんですから、そこんところは配慮していただかないと」

佑順がなでなでと明鈴の頭を撫でてくる。すると大牙の威圧が余計に増した気がした。

「ふん、後宮まで案内する。付いてこい」

腹立たしげな様子で大牙は歩き出してしまった。

『兄様、皇子を怒らせないで』

小声で文句を言う。すると、佑順はにんまりと笑った。

『大丈夫、大丈夫。あれ怒ってないから』

佑順はそう言うが、どう見ても怒っているようにしか思えない。佑順には大牙の感情の機微が分かるのだろうか。もしそうなら是非教えてもらいたいものだ。

後宮の入り口で大牙と佑順とは別れ、後宮に仕える女官に部屋へ案内された。

武勇を誇る虎の神獣を祀っている寅国だけあって、城内には武具が置かれていたり猛々しい書が飾られたりしていたのだが、後宮に入った途端に雰囲気が変わった。直線的だった柱は瓢箪のように優美な曲線を描くようになり、先が見通せるほどの薄絹が至る所に掲げられて風に揺れている。幻想的な夢の中みたいだ。

「明鈴、待っていたわ！」

あまりに雅な雰囲気に圧倒され、ただひたすらきょろきょろとお上りさんのような反応をしていると、どんっという衝撃が襲ってくる。

「誰っ……え、紅希様？」

「そうよ、来るのが遅いから待ちくたびれたわ」

抱きついてきた紅希が怒ってくるが、そもそもどうしてここにいるのか分からない。

「もしかして、紅希様も妃に召し上げられたのでしょうか」

妃に召し上げられた以外、後宮に来る理由など思いつかない。でも、いろいろと待って欲しい。せっかく紅希の初恋フラグを折ったのに妃になってしまっては意味がないではないか。しかも明鈴の方が位は下なのに正妃でいいのかという問題もある。連絡が来てないだけで、正妃は紅希になって明鈴はその下の四妃のどれかになったのだろうか。それならまだ納得出来る。いや、納得しちゃダメだ。意味不明すぎる！

「明鈴、目を見開いているけど……大丈夫？」

「はっ、申し訳ありません。少し驚いてしまって」

「大丈夫ならいいけれど。あ、そうそう、私は妃として後宮に来たわけではないわよ」

「どういうことです？」

思わず首を傾げる。すると紅希は大きく胸を張って言った。

「後宮女官になったの」

「……はい？」

「明鈴が破落戸から私を助けてくれたでしょ。だから今度は私が明鈴を助けてあげる番だと思って後宮に来たの」

あの気位の高い紅希が宮仕え？　明鈴を助けるために？

「で、でも、私は実際には何もしていませんよ。助けてくれたのは、ええと、その」

「あぁ、あれ大牙皇子でしょ。明鈴が逃げた後に名乗られて驚いたわ。明鈴の様子からすると叱責でもされた？」

「されたような、されてないような」

明鈴は首を傾げる。思い返してみると明らかな叱責は受けていない。だけど、悪いと思ってるなら償え的な流れで正妃になったので、回りくどく叱責されているような気もする。

「どっちよ、はっきりしないわね。まぁいいわ。明鈴付きの侍女にしてもらったから、後宮での暮らしは大船に乗った気でいなさい」

相変わらず強気である。だが明鈴の頭の中は大混乱、自分の感情が迷子でそれどころではない。

「ま、まって……ええと、その、話を整理しますと」

「うんうん」

紅希が嬉しそうにうなずいている。

「私は正妃で、私の侍女が紅希様……でよろしいですか？」

「その通りよ」

「……なんで！」

明鈴は力一杯叫んだ。意味が分からなすぎて頭を抱える。

おかしい。さっきよりもっとおかしなことになった。臣下の中で一番高い身分の如太師を父にもつ紅希が明鈴の侍女？　そんなことあり得るのか？

しかし、得意満面な紅希を見てあり得るのかもなと思ってしまった。ゲームでもごり押しで正妃の座をもぎ取ったのだ。きっと今回はごり押しで明鈴の侍女になったのだろう。紅希の父は娘に甘いとは聞いていたが、ここまでとは予想外すぎる。

「私が侍女では不満なの？」

紅希がじとりと睨み付けてきた。

「いえ、滅相もございません。嬉しいです！」

思わず反射的に答えてしまった。

紅希が我が儘で自分勝手なのはやはりゲームと変わらないようだ。結局、今回も振り回される運命らしい。ただしゲームとは逆の明鈴が正妃、紅希が侍女という立場で——

「はっ……まさかそういうことなの」

明鈴はがくっと倒れ込んだ。

紅希が心配して呼びかけてくるが反応する余裕などない。動かない明鈴に慌てたのか紅希は人を呼ぼうと駆けていく。その背中を見送りつつ明鈴はとても重要かつ、深刻な事実に気が付き打ちひしがれていた。それは、ゲームのときとは立場が逆になっている、つまり悪役妃ポジションに明鈴がなってしまっているということだ。

「これが、ゲームの強制力なの？」

ぎりっと歯を食いしばり床を睨み付ける。こんな理不尽なことがあっていいのだろうかと、ぐっと床に爪を立てた。痛くてすぐにやめたけれど。

大牙の面白半分な嫌がらせで正妃に召し上げられたと思っていたが、話はそんな簡単なことではなかったのかもしれない。明鈴はただ『正妃』になったのではなく『ヒロインをいじめる役割をもつ正妃（悪役妃）』になり、代わりに紅希が侍女のポジションになった。立場は逆転していようと処刑された二人に変わりはない。

強制力が働くこの世界で、シナリオが予定通り進むためには悪役妃が必要だった。だから、重要なのは紅希が悪役妃になることではなく悪役妃がいること。今の流れでシナリオを強制するにあたり一番都合が良かったのが明鈴だった、と考えれば辻褄が合う。

冷や汗が止まらないし、動悸息切れが半端ない。

確かに紅希は悪役妃にはならなかった。それは成功したと言える。だが、明鈴が悪役妃になってしまっては結局処刑ルートまっしぐらではないか。

「なんでなの。どんどん状況が悪くなっていくんだけど！」

明鈴の悲痛な叫びが正妃の部屋に響いたのだった。


結局後宮に上がった日はそのままふて寝をした。翌日になり、明鈴は侍女の皮を被った紅希と一緒に朝餉をとっている。

ちなみに起きてからの支度は他の女官が手伝ってくれた。日常生活の細々としたことは女官がやってくれるのだという。それぞれ役割を持っていて皆動きに無駄がない。顔を洗う支度をする者、髪を結う者、化粧をする者、着替えを手伝う者と女官が入り乱れる。実家でのんびり過ごしてきた明鈴には逆に落ち着かないことこの上ない。

そして落ち着かない明鈴の横で、落ち着いていてとても馴染んでいるのが紅希だ。一応明鈴の侍女のはずなのだが、女官達は紅希に対して明鈴以上に緊張して接している気がする。

「ねえ明鈴、他の妃候補達が挨拶したいって言っているけどどうする？」

紅希がお粥をすくいながら尋ねてきた。

「え、妃が他にいるのですか？」

「明鈴は何も知らないの？　危なっかしいわね。やっぱり私が後宮に来て正解ね。ここで生き抜くための振る舞いをみっちり教えてあげなくちゃ」

「え、それは遠慮したい……なんて、思ってないです。はい、大変ありがたいです」

紅希の無言の圧に負けた。肩を落とす明鈴の横で、紅希は満足げに笑みを浮かべている。

「話は戻るけれど、あくまで後宮にいるのは妃『候補』よ。だってあの野蛮皇子、正妃の明鈴しか選ばなかったんだもの。四妃はがら空きのままだから、正妃は無理でもどうにか四妃にって太師達が自分の息のかかった娘達を送り込んできているのよ」

寅国皇帝の妃は一番上が正妃、その下に四妃とよばれる貴妃、淑妃、徳妃、賢妃が続く。正妃は必須、四妃は空位の場合もあるが基本的には置くというのが通例だ。さらには妾と続くのだが、妾の人数は皇帝によって違い、欲しいだけ置ける。

「紅希様、皇子のことを野蛮などと呼ぶのはいささか無礼がすぎるのでは」

やんわりと明鈴がとがめるも、唯我独尊の紅希は知らんぷりだ。

「野蛮は野蛮でしょ、虎なんだし。ね、そんなことより明鈴。私はあなたの侍女なのだから『紅希』と呼んでよ。侍女相手に敬称はいらないわ」

紅希相手に呼び捨てとかハードル高いです、と思わず前世の単語が出そうになった。すんでのところで呑み込んだけれど。

「別に今のままでもいいのではないでしょうか。まわりも紅希様の身分が高いことは知っているわけですし」

「もー明鈴は分かってない。あなたはもっと偉そうにしていいのよ。この国の女性の中で一番偉いのは明鈴なの、私じゃない。他の皆になめられないためにも、かしこまった話し方もしないで。それに紅希って呼んでくれた方がより親しいかんじがするでしょ」

次に紅希様と呼んだら怒るからと言われてしまった。口を滑らせる自信があるだけに不安でならない明鈴だった。


午後の日差しはまどろみを連れてくるものだが、本日は物々しい気配を連れてきた。慣れない場所に疲れているし昼寝でもしようかと思っていた明鈴の目の前には、着飾った貴族の娘達がいる。張り合っているのか、見せるべき大牙はいないのに皆派手派手しい。

「明鈴、挨拶しに勝手に来たそうよ。まったくはた迷惑よね」

紅希の雑な説明と素直すぎる感想に肝を冷やしながら、慌てて立ち上がる。紅希を後ろに隠すように前へ出ると、一斉に視線が突き刺さり胃がきゅっと縮んだ気がした。

「あ、えっと、その、良い天気ですね」

場を和ますように笑ってみるも、少しも和やかな雰囲気にはならず。

二十人くらいの妃候補が半円を描くように明鈴を取り囲んだ。目の前の娘が片膝をつき明鈴に向かって礼をする。釣られて明鈴も礼をしようとしたら、紅希に背中をバンッと叩かれたので慌てて姿勢を元に戻す。実家の身分なら明鈴の方が礼をしなくてはならない相手なので、つい体が動いてしまった。

「宋家の娘の香春と申します。正妃様におかれましては……いえ、まだ正式になったわけではありませんので、明鈴様と呼ばせていただきましょうか」

宋太師の娘、琵琶の名手で詩歌も得意という才女だ。紅希の次に正妃に近いと噂されていた人物だと聞いている。

「は、はあ、どうぞ」

明鈴が流されるように相づちを打つと、威厳を保てとまた紅希の背中バンをくらった。

しかし、彼女の言っていることは正しいのだ。大牙が明鈴を正妃に選んだのは事実だが、婚姻の儀はまだ行っていない。いや、行えないといった方が正しいのだが。

先代の皇帝が崩御すると一年間は喪に服すので、寅国の民は祝い事の儀式は出来ないのだ。それは次期皇帝の即位式や婚儀も例外ではない。なので明鈴は正妃に決定しているものの、正式に正妃の座に就いているわけでもないという。前世風にいえば婚約中といった状況だろうか。

「明鈴様は昨日後宮入りされたばかり、分からないこともおありでしょう。わたくしは半月ほど前からおりますので何なりとおたずね下さい」

優雅に目を細める香春はとても綺麗なはずなのに、狐に似ているなぁなどという感想が頭に浮かんだ。そんな明後日な感想が浮かぶくらい彼女から受ける言葉に心を感じない。うわべだけ取り繕ってはいるが、実際は明鈴を値踏みしているだけなのだろう。

香春を皮切りにうわべだけの挨拶が始まった。後宮入りする前に母から必要になるだろう家の系図や派閥についての知識をたたき込まれているので、必死に挨拶する人物と記憶を結びつける。頭を使いすぎてくらくらしてきた。

「明鈴、女官長が呼んでいるから少しだけ席を外すわね」

挨拶の合間に紅希が耳打ちをして部屋を出て行った。

すると、一気に場の空気が緩む。

「あー緊張した。まさか本当に紅希様が侍女だなんて。あなたどんな弱みを握ってるの」

先ほどまでの猫被りはやめたのか、香春が扇であおぎながら近寄ってきた。

「弱みなど握っていません。私も驚いているのです」

「信じられないわ。紅希様が正妃なら文句はないけれど、あなたじゃね……私達の中の誰かが選ばれた方がまだ納得出来るわ」

香春が嘲るようにいうと、まわりの妃候補達も口をそろえてそうだと肯定する。

「私達は四妃の座を争っているけど、あなたが相手なら正妃の座も狙えそう。卯国王家の血を引いているとはいっても孫の代なら微々たるものじゃない。結局は佑順様の縁故で決まっただけでしょう？　まだ正式に婚儀を終えているわけでもないし、あなた自身に足りぬところがあれば大牙皇子もお考えを改めるに違いないわ」

本当にお考えを改めて欲しいものだと明鈴も思わずうなずく。あまりに力強く何回もうなずくので、気味悪そうに距離を置かれてしまった。そっちの意見を肯定しているというのに酷い扱いだ。

「明鈴、戻った……あれ、何かあった？」

部屋の扉が開いたと思った瞬間、妃候補達の背筋が伸びた。その合間を縫って紅希が明鈴のもとまで戻ってくる。

「いえ、何も。楽しく明鈴様とお話しさせていただいておりましたわ」

しらじらしく香春が紅希に説明した。

「ならいいけど。私の明鈴に何かちょっかいをかけたら消し炭にするから。あなた達はそれを肝に銘じて後宮で暮らしなさいよ」

明鈴よりもよっぽど迫力のある声で紅希がなんとも物騒なことを宣言した。消し炭とかバイオレンスすぎませんかね、紅希さん？

しかし紅希の脅しがよほど怖かったのか、さっきまで明鈴を威圧していた香春を含め、全員が大きな声で「はい」と返事をしたのだった。

「明鈴も。正妃としての威厳を皆の前ではしっかりと持ちなさいよ」

何故か明鈴まで叱られた。威厳などこれっぽっちも持ち合わせていないので、言われても仕方ないけれど。これから頑張ってみるから今のところは優しめに見て欲しいものだ。

「そうそう。女官長から皆が集まっているなら、ついでに知らせて欲しいっていわれたことがあります」

紅希が女官としての発言をしているせいか、少し声質が硬くなった。

「何かあったのですか、紅希さ……紅希」

危ない、思わず紅希様って言いそうになってしまった。紅希の表情が一瞬鬼のように険しくなったから、最後の「ま」を言わずに回避出来たけれど、次も出来るだろうか。

「その調子よ明鈴、あとは口調ね」

「え、口調もですか？　もう呼び名だけで精一杯なのですが……」

紅希相手にかしこまるなというのが難しいのだ。だって誰もが平伏す紅希なんだぞ。名前の呼び捨てだけでも高難度なのに、話し方までとなると頭がパンクしてしまいそうだ。

困惑があふれ出ていたのか、紅希が呆れたように肩をすくめた。

「そんな困った顔しないでよ。全く仕方ないわね。公の場で正妃らしい言動をちゃんとするなら普段はそのままで構わないわ。その代わり呼び名くらいは敬称をつけないで。つけたらお仕置きだからね」

「は、はい」

冷や汗をかきながら明鈴はうなずく。妃候補達に消し炭予告する紅希だから、お仕置きもそのレベルのものだろうか。想像するだけで怖すぎる。

「桃仙の乙女が見つかったことは皆も知っていると思うけれど、彼女が明日後宮に入るそうです」

紅希からの発表で、明鈴の手にぐっと力が入った。紅希のお仕置きも不安要素だが、それ以上に不安要素のかたまりな人物がやってくる。ゲームのヒロインである桃仙の乙女だ。今後の自分に大きく関わってくるヒロインの後宮入りに重苦しい気持ちでいっぱいだ。

彼女は市井の出なので、先代皇帝の従兄弟の養女となって後宮入りをしてくる。紅希がゲームの設定通りの説明を今まさにしているから間違いない。不本意だが悪役妃に明鈴を据えて、現実はシナリオに沿ってどんどん進んでいるようだ。進まなくても良いのになぁとため息がこぼれる。

「本当に桃仙の乙女なのかしら」

「大牙皇子の箔をつけるためめって噂もあるくらいだし」

「なにそれ、ねつ造ってこと？」

「しっ、大きな声で言わないの」

「本物だろうと偽物だろうと、庶民風情が後宮にいるなんて腹立たしいわ」

ひそひそとした妃候補達のささやきが耳に届く。

ゲームで言われていた批判もこれとまったく同じ。なんならこの批判を言う筆頭が紅希だった。でも今回の紅希は桃仙の乙女にほぼ興味なしといった様子だが。

明日には桃仙の乙女がやってくる。明鈴を処刑に導くかもしれない少女だ。正直なところあまり接点を持ちたくないが、正妃という立場ではそれは難しいだろう。

夜が更けて紅希は自分の部屋に戻ったので今は一人きり。明鈴は月を眺めながら今後の方針を考え始めた。悪役妃になってしまったことはもうどうしようもないので、受け入れた上でどう動くかだ。

「処刑されないために桃仙の乙女をいじめない、は最重要項目よね」

そもそもいじめたくもないし。孤立無援の後宮に一人でやってくる少女をよってたかって無視したり、陰口をたたいたり、ものを隠したり……普通に考えて可哀想ではないか。

ただし、明鈴がいじめないだけで処刑ルートを回避出来るかどうかが問題だ。シナリオの強制力を考えると、明鈴（悪役妃）がやっていないことも明鈴のせいにされる可能性はある。うん、とてもありそうだと独りごちる。

「なら桃仙の乙女をすべての嫌がらせから守ればいいんじゃ」

そうすれば桃仙の乙女は嫌がらせを受けず、大牙がそれに対して怒る必要もなくなる。

「あとは大牙皇子の闇堕ちを防がないと処刑から逃れられても死ぬからなぁ。ちゃんと桃仙の乙女とくっついてもらわないとダメだよね」

明鈴はシナリオを思い返す。大牙はバッドエンドだと黒獣堕ちの状態になって、破壊の限りを尽くす獣になってしまう。ヒロインを含めてその場にいる人物は皆殺しという描写が入り、寅国は消滅してしまうという悲惨なエンドを迎えた。

いや国ごと滅ぶって怖すぎるでしょ。とにかく大牙を黒獣堕ちさせないためにトゥルーエンドに導かなくては。

「でも、同じトゥルーエンドなら兄様ルートでもいいのでは」

はっと別の可能性に気付く。

途中で分岐する佑順ルートだと、トゥルーエンドならば大牙は黒獣堕ちしないのだ。ただしバッドエンドでは黒獣堕ちするし、大牙を裏切ったとして佑順とヒロインは特に酷い殺され方をする。それは……嫌だなと思った。佑順が殺されるのも嫌だし、何より自分以外の女の人を大事にする佑順を想像出来ない。

ゲームの知識でモテるのは知っていても、実際に明鈴以外と仲良くしている姿は見たことがないのだ。もう少しの間だけでいいから明鈴にだけ甘い佑順でいて欲しい。我ながら兄離れが出来ていないなと苦笑いしてしまうが。

あと冷静になってみれば佑順とヒロインがくっつくということは、明鈴がいじめを行わず処刑ルートを回避したらそのまま大牙の正妃ではないか。それは困る。自分には正妃など務まらない。

危ない危ない、正妃から逃げることが出来る可能性を潰すところだった。ふう、と息をつきながら額ににじんだ冷や汗を拭う。

「桃仙の乙女を守って全力で大牙との恋を成就させる。そして私は正妃を桃仙の乙女に譲って怖い大牙の後宮から逃げ出す。これしかない！」

方針が固まり、鼻息荒く両拳を突き上げるのだった。

「呂小華と申します。よ、よろしくお願いいたします。正妃様」

桃仙の乙女である小華が緊張した面持ちで挨拶に来た。

小柄な体格をしており、ぱっちりとした瞳に小さな品の良い唇、桃仙の乙女の力を発現させた際に色が変化したという薄桃の髪は顔立ちによく似合っていた。ほんのり桃色にそまった頰が可愛らしい雰囲気を引き立てている。さすがヒロイン、まさに守ってあげたくなる美少女そのものだ。

「明鈴と呼んで下さい、小華様」

明鈴は小華の手を包み込むように両手で握る。

「は、はい。明鈴様。では私のことは小華、と呼び捨ててください」

「それは桃仙の乙女に向かって失礼で――――いたっ」

恒例の紅希の背中バンが襲ってきた。どうやら呼び捨てにしろということらしい。

侍女という立場上、紅希は口を出せない場面だと手が出るようになった。いや、背中バンするくらいなら口を挟んでくれた方がマシなのだが。紅希が出張っても誰も怒らないと思うし。

「ごほん。取り乱してごめんなさい。では小華と呼ばせていただくわね」

明鈴は気を取り直してにっこりと笑みを浮かべた。

お茶でも飲みながらゆっくり話そうと言うことになり、紅希がお茶を淹れる。その上品で流れるような手つきに明鈴は失礼ながら驚いた。紅希は我が儘放題に育ったと思っていたのだが、貴族女性としての作法はしっかり身につけていたらしい。明鈴よりも貴族社会の噂に詳しいし、まだ侍女についてもらって数日なのに博識具合には何度も驚いている。さすが、後宮でのしきたりを教えると言いだすだけはあるなと思った。

紅希が小華のところにもお茶を置いた。

「ありがとうございます。紅希様」

恐縮したようすで小華が頭を下げる。

「明鈴のついでよ」

「あ……はい」

紅希にぴしゃりと言い返され、小華は可哀想に視線を下にうろつかせている。

これではゲーム同様に紅希がいじめ役になってしまう。それは回避しなくてはと明鈴はとっさに口を開く。

「紅希さ、じゃなくて紅希。私は小華を手助けしたいと思っているのです。どうにも境遇が似ていて、放っておけないといいますか」

「まぁ……確かに、問答無用で後宮に召し上げられているものね」

紅希が苦々しい表情を浮かべながらも肯定してくれた。

「あと紅希……は、もう少し周りに柔らかな態度を取って欲しいなぁと思っていまして」

「え、それ明鈴のお願い？　私にお願いって初めてよね。いいわ、明鈴のお願いなら聞いてあげる」

何故か一気に紅希が上機嫌になった。感情の起伏が予想外すぎてちょっと怖い。

明鈴が若干引いていると、同じく小華も唖然とした表情を浮かべていた。

「小華、お騒がせして申し訳ないわ。先ほども少し言ったけれど、私もいきなり後宮に召し上げられたので戸惑っているの。だから似たもの同士、仲良く出来たら嬉しいわ」

「明鈴様！　もったいないお言葉、私すごく嬉しいです。知らない人ばかりの中でいろんなことをひたすら覚えて、気が付いたら今日ここにいたって状況で……不安で仕方なかったんです」

小華がぽろぽろと透明なしずくをこぼす。

「まぁ小華、大変だったわね。私でよければ何でも相談してちょうだい」

一人きりで今まで頑張ってきたのだろう。どれだけ心細かったことか。ゲームだとこの状況に加えて悪役妃にいじめられるのだ。いや本当につらいよそれ、と明鈴は思う。

小華とこうして話す前は実のところマイナスイメージもあった。だって、彼女がこのシナリオを良くも悪くも進めていく人物なのだから。進み方によっては明鈴を処刑に導いていく主要人物かと思うと身構えるのは当然だ。けれど、実際に心細さに涙する姿を見て、自分の姿と重なって見えた。流されるままここに来て不安で仕方ないのだ、小華も明鈴も。

守らなくてはならないではなく守ってあげたい。小華の背中をゆっくりとさすりながらそう思った。

「え、大牙皇子が後宮に？」

明鈴が後宮に来て五日目、ついに大牙が後宮に来るらしい。本日の朝議が順調に進み、午後の予定が空いたとのことだった。昼過ぎに正妃の部屋へ来るというお達しに明鈴は目眩に襲われる。

何か理由を付けて断れないだろうかと考えるも、女官達は喜び勇んで着替えを強要してきた。そう、まるで追い剝ぎのように帯をとかれ衣を奪われてしまい、明鈴はもう泣き出す寸前だ。肌着姿のままぶるぶる震えて動かずにいると、しびれを切らした女官長が怒ってきてすごく怖いし。このまま出迎えるんですかというお叱りの言葉と圧に折れ、泣く泣く出迎え用の衣に着替えるしかなかった。

先日の大牙は別れ際に怒っていた。せめて機嫌が直っているといいけれどと祈らずにはいられない。

とにかく、お迎えする準備を進めようと腹をくくったところで、ある作戦を思いつく。明鈴は慌てて紅希に言伝を頼んだのだった。

「大牙皇子がお見えになりました」

女官長に案内されて大牙がやってきた。背後には佑順も付き従っている。明鈴達は膝をつき礼をもって出迎えた。

「人が、多いように思うが」

大牙の困惑したような声がした。

それもそのはず。明鈴は小華も呼んだのだ。大牙と面と向かうのは怖いし、小華と大牙を仲良くさせるきっかけにもなると思ったからだ。おまけに我が物顔で紅希も隣に控えているので、大牙にしてみたら正妃一人に会いに来たつもりが三人もいたという状況になっている。

「急なお越しは困りますがまぁ来てしまったものは仕方ありませんね。できたらお早くお戻りいただけると嬉しいのですが、とりあえずお通ししますわ」

紅希が扇で口元を隠しながらずけずけとものを言う。あまりの物騒さに卒倒しそうだ。

「お、お待ちしておりました、えぇとっても首を長くしてお待ちしておりましたよ。も、ももちろんごゆっくりしていってください」

紅希を押しのけつつ大牙の前に出る。

大牙はじっと明鈴を上から見下ろしてきた。その瞳からは怒っているのかどうかは判別出来ない。少なくとも機嫌が良くないことだけは確かだが。

「明鈴、少し話がしたい。庭へ出るぞ」

「お話なら部屋でお茶を飲みながらの方が良いのでは。それに、桃仙の乙女である小華をご紹介したく――――」

「黙れ。行くぞ」

明鈴の言葉を断ち切るように大牙が唸った。もともと機嫌の良くなさそうだった大牙の雰囲気が、さらにピリッとした鋭いものに変わる。

大牙に手首をつかまれ引っ張られた。さほど強く握られたわけではないが、突然の接触に驚くし戸惑ってしまう。

本当は初めて会ったときのように手を振り払いたかった。でも、さすがにこの場で手を振り払うことがどれだけ自分の身を追い詰めるのかは分かるだけに、明鈴はぎゅっと唇をかみしめて我慢する。

正妃の部屋には小さな庭がある。まだ散策したこともない庭だが丁寧に手入れされているのが窺える。窓から近い部分には観賞用の小ぶりな桃の木が植わっており、白っぽい花をつけていた。それを横目に大牙はずんずんと進んで池の前まで来た。池には橋が架かっており、塗り替えたばかりなのか手すりの朱色が鮮やかだ。

「何故、桃仙の乙女がいた」

立ち止まった大牙は、明鈴を見下ろし尋ねてきた。

「後宮に入ったばかりなので、そ、その、大牙皇子もお会いになっていないかと思い、勝手ながら良い機会ではないかと呼びました」

怯えながらも何とか答える。

「……そうか。あと如紅希は？」

「彼女は私の侍女なのです。お耳に入っておりませんか？」

「知らん。後宮の管理は女官長に任せているからな」

大牙は大きなため息をついた。

「さ、さようで」

「ずっと震えているな」

未だにつかまれたままの手首は、かたかたと小さく揺れている。何を考えているか分からない大牙を前に体が勝手に恐怖を抱いてしまうのだ。

「そ、その、まさか大牙皇子にお目にかかることがある人生など、想像もしておりませんでしたので……いまだに緊張してしまうのです」

嘘ではない。ただ、自分を殺すかもしれない怖い人から逃げようとしていたのに目をつけられてしまい、失態をおかせば殺されると思って緊張しているというのが大正解だが。

「へぇ緊張ね。でも俺達は夫婦だ、これくらいで緊張していちゃ先が思いやられるな」

先ってなんだ。いずれ本当に夫婦の営み的なことをするつもりなのだろうか？　ちょっと待って欲しい。嫌がらせで妃にしただけで、別に好きでもないくせにそんなふしだらなことをしてしまうのか？　男はみんな獣だってやつ？　ゲームでは桃仙の乙女にベタ惚れだったくせに、等々。頭の中で一気にいろんな思いがよぎった。

明鈴は思わず一歩下がる。だが大牙にくいっと手首を引っ張られて、逆に胸元に顔を埋めることになってしまった。ふわっと大牙が服にたきしめた伽羅が香る。

明鈴が顔を上げると紅が大牙の襟元についてしまっていた。大牙が来るとなったときに女官によって紅をつけ直されたばかりなのでべったりだ。

「はっ、申し訳ありません」

「別に構わない」

構わないと言うが、大牙の服は金糸をふんだんに使って刺繡をされている高級なものだ。大牙が引き寄せたせいとはいえ洗う女官達のことを考えて申し訳なく思っていると、大牙が変なことを言いだした。

「代わりに俺もつけるから」

大牙の意図が分からず首を傾げると、そのさらした首元に大牙が顔を寄せてきた。薄く開いた口元から鋭い歯がちらっと見えてぞっとする。

「ひぃ、ちょ、ちょっと何なさるつもりです？」

明鈴は自由な方の手で大牙を押し返す。それはもう必死だ。冷静ならば絶対にしないけれど、混乱していた明鈴は大牙の顎をぐいっと押し返していた。

しかし顎を押す手も大牙に阻まれ、両手首を大牙につかまれる体勢になってしまった。

「お前が俺に印をつけたから、俺もお前につけるだけだ」

大牙はあくどそうな笑みを浮かべていた。

「お、おおおおまちください」

「いやだ、俺はずっと待っていた」

待っていたって何を？　意味が分からないけれど、それを指摘する余裕はなかった。

「お願いです、嚙まないで」

「……嚙むわけないだろ」

なんなのその間、絶対嚙もうとしたでしょ。むしろ嚙まないなら何する気？　ますます怖いんですけど。

「と、とにかく少し離れて下さい。近すぎます……」

「妃なんだから、近くに寄るくらいは良いだろ」

「良くないです」

もう嫌だ、怖い。自分に近寄ったところで面白くもなんともないだろうに。何がしたいのか本気で分からない。はっ、まさか、いじめた反応を楽しんでいるのだろうか。

ずいっと大牙が顔をのぞき込んでくる。明鈴は出来る限り顔をそらした。

「はい時間切れー」

佑順がにこやかに割り込んできた。

「佑順、またか」

「またですよ。というか時間だから。そろそろ執務室に戻らないと」

「にいさまぁ！」

明鈴は佑順に抱きつく。慣れ親しんだ実家の香りが明鈴を包み、緊張にこわばっていた体が緩むのを感じた。

佑順の垂れぎみな目がこちらを見つめている。さすが攻略キャラだけあって顔が良い。身内でなければ誤解しそうな柔らかい表情だ。

「明鈴、涙拭くからじっとして」

佑順がそっと明鈴の目元を拭いてくれる。とんとんと軽くこすらないように優しい手つきだ。明鈴は目を瞑り佑順にすべてを任せる。

今更だがこの佑順という人物、妹との距離が近い。未だに明鈴のことを十歳児だとでも思っているかのようで、前世の記憶を取り戻した直後は戸惑ったものだ。けれど、すぐにこういうものだったなと受け入れた。明鈴とて甘やかしてくれる佑順の側は居心地が良いのだ。前世も今世も明鈴は流されやすい性格である。

「佑順、そのむかつく表情をやめろ」

「えー、どんな表情だろ、自分じゃ分からないですねぇ」

佑順はへらっと笑っていた。

涙を拭き終えると明鈴の頭をひと撫でし、手を振りながら大牙を連れて去っていく。

あんなに怖い大牙に対して、ここまで余裕な対応が出来る佑順ってすごいと明鈴は心の中で大絶賛だ。実家で見せていた、妹にちょっと甘くて両親からの小言はのらりくらりとかわす横着な佑順は、実はとても優秀な人物だったのだと。そりゃ攻略キャラにもなるわと納得するのだった。

大牙は目の前で甘えた表情をする明鈴に釘付けだった。警戒心もなく、すべてを預けてしまう安心に満ちた顔。それを向けるのは夫である自分ではなく佑順だったが。

分かっている、実兄なのだから仕方ない。過ごしてきた時間には勝てない。頭では分かっているのだ。それなのに、自分を見てくる佑順の得意げな表情が腹立たしくてたまらなかった。

「大牙、あれは無いわ」

執務室に向かいながら佑順が苦言を呈してきた。

「うるさい。明鈴が逃げるのが悪い。逃げたら追いつめたくなるだろう」

「何その虎的発想。それで言ったら明鈴は兎なんで虎に会ったら逃げるに決まってる。相性最悪だ……こわっ、睨むなって」

「別に睨んでなどいない」

ばつが悪くて思わず視線をそらしてしまう。

「そもそもさ、あんな風に牙見せるなよ」

「違う、見えてしまっただけだ」

本当はちょっと噛みたい衝動はあった。虎の神獣の加護があるせいか、どうも本能的な行動が虎に寄ってしまうのだ。自分のものだと示したくて匂い付けしたくなる。甘噛みが一番効率よく匂い付け出来るし、親愛の行動でもあるのだから仕方ないだろう。だが明鈴が怯えたからそこは我慢したのだ。

「本当かなぁ。俺は噛むつもりかなって思ったけど」

ぺらぺらと口が良く回る男だ。昔から物怖じせずにするっと核心をついてくる奴で、父である先代皇帝が亡くなっても態度を変えない貴重な側近でもある。そういう意味では信頼もしているが、明鈴に関しては頭が痛い。この男を乗り越えなければ明鈴の一番にはなれないのだから。

「なぁ大牙。どうして明鈴なんだよ」

明鈴を選んだのは立場的にちょうど良かったからと言ってあるのにもかかわらず、佑順があえて尋ねてきた。もう気が付いているようだ、大牙が明鈴を政治的なものではなく自らの意志で選んだということを。

「一目惚れ、といったら信じるか」

立ち止まって答えた。

「は？　本当に？」

「さあな」

「え、冗談なの？　ちょっとどっちだよ」

　騒ぐ佑順を置き去りに再び歩き出す。

　一目惚れ、といったらそうな気もするし違うような気もする。ただ明鈴の存在があのとき特別になったのだ。誰よりも優しくて愛おしい存在。絶対に守ろうと誓った。だから手元に置いたというのに驚くほど怖がられている。

　現状怖がられているのだから態度を改めないといけないのは分かっているのだが、小動物的な雰囲気を醸し出す明鈴を見ると追い詰めたくなってしまう。だってそうだろう。近寄るとぷるぷると震えだし、涙で潤んだ瞳で見上げてくるのだ。可愛くて思わず手が伸びてしまう。だが、それのせいで余計に怖がらせているという悪循環。

「なかなか上手くいかないものだな」

ぽつりと誰の耳にも入らない独り言がこぼれた。

　夜の後宮は幻想的だ。廊下にはかろうじて足下を照らす程度の灯籠の明かりと月光のみ。昼間は色彩豊かな分、色味の消え去った世界は音まで消え去っているように静かだ。

「今日も大牙皇子は怖かったわ」

寝具に身を委ねてつぶやく。

会うたびに大牙を怒らせている気がする。佑順が兄でなかったら明鈴はすでに処刑されているかもしれない。

明鈴にとってはひたすら怖いだけの大牙だけれど、佑順や女官長は大牙を褒めていた。急に皇帝が亡くなられたにもかかわらず、慌てることなく冷静に政を行っていると。彼らの中の大牙と明鈴の中の大牙、違いすぎて同一人物とは思えない。お願いだから明鈴の前でも冷静さを発揮して欲しいものだ。

──カタン

静まりかえったところに微かな物音がした。明鈴は起き上がり、隙間から差し込む月の淡い光だけを頼りに目をこらす。すると黒っぽい物体が動いた。

「え、なに?」

枕を抱きかかえ思わず身構える。すると、月明かりの差し込む場所に見覚えのある存在が現れたのだ。

「桃果堂の猫ちゃん!」

──なーぅ

小さく鳴いて明鈴を見上げている。まるで明鈴に撫でてもらうのを待つかのように、じっと見つめて尻尾をゆらゆらと動かしていた。

「……まさか会いに来てくれたの？」

沓も履かず裸足のまま明鈴は吸い寄せられるように猫に近づく。猫はいまだにじっと明鈴を見つめたままだ。

そっと手を差し出すと猫はぺろっと小さな舌でなめた。

「あぅ、かわゅ！」

明鈴の言語機能が低下した瞬間だった。床に座り込み、猫を抱き上げて膝に乗せる。猫は嫌がることなく膝の上で丸くなった。

もう今までの欲求不満が爆発したかのように猫をもふもふする。背中を撫で、嫌がらないので顔回りに移動する。耳の後ろや顎下をこしょこしょと、柔らかい肉球をもっきゅもっきゅと堪能した。

「はわわ、たまらないわ。あ、そういえば脚の怪我は？」

後ろ脚を見ると、傷は塞がり肉が盛り上がっている状態だった。

「よかった。膿んだりしてなくて」

そうっと脚の傷を撫でる。すると猫が撫でる手に鼻をすり寄せてきた。

「かわっ、かわゅ」

もうたまらんと猫の脇に両手を入れてぷらーんと持ち上げる。そのままお腹に顔を埋めようとしたら、今まであれだけ大人しかった猫が急に暴れ出して足蹴りを顔面に食らった。

「うぐっ」

鼻を押さえながら明鈴はうずくまる。手を離してしまったが、猫は床にしなやかに着地していた。

「ご、ごめんね。驚かせちゃったね」

やはりいきなり急所であるお腹に向かって顔を埋めようとしたのは失敗だったらしい。もうちょっと慣れてからじゃないとお腹は吸わせてくれなそうだ。

「そうだ、名前をつけましょう。猫って呼ぶのも味気ないものね」

明鈴は考え始める。この世界で猫は嫌われているので猫によくつけられる名前というのが無い。前世だと定番はタマとかだろうが、この中華風の世界では何か違う気がする。

「決めた。あなたは今日からランランよ」

中華風だし可愛らしいしぴったりだと明鈴は大満足だったのだが、ランランはぷいっと横を向いてしまった。気に入らなかったのかもしれないが、明鈴は気に入ったのでランランに決定だ。

ランランを抱き上げて寝台に戻る。ランランの毛並みを堪能していると心地よい眠気がやってきた。猫のいる生活はなんと潤いに満ちているのだろうか、絶対にこのまま飼おう。

どうやって紅希や女官達から隠そうか、もしくはめちゃくちゃお願いしたら許してくれるかなぁ、などと考えているうちに眠りに落ちていた。残念なことにランランは朝になったらいなくなっていたけれど。

その後、ランランは二、三日毎に寝床を求めるようにふらっと夜現れるようになった。毎度の如く朝まではいてくれないけれど。でも夜だけだとしても姿を見せてくれるのは嬉しかった。ランランに気に入られてるってことだし。気疲ればかりの後宮生活でランランの存在は明鈴にとって唯一の癒しだ。今夜は来るかなといろいろ用意して待つのが日々の楽しみとなった。

しかし、ランランはどこか別のところにも寝床があるようで、ご飯は用意しても食べてくれないし体もいつも清潔だった。爪は少し伸びかけていたので、切って丁寧にヤスリがけをしたけれど。

「ランランは賢い子ね。爪切ったあとしか猫パンチしてこないし」

明鈴は肉球をぷにぷに堪能しながら、ランランを観察する。

「ねぇランラン、このお城には虎の皇子がいるの。とっても獰猛だから見つかったら駄目よ。ランランみたいな小さくて可愛い子、すぐに食べられちゃうから」

ランランは耳をピクッとさせたあと、明鈴を尻尾で叩いてきた。

「はぅ、かわゅ！」

素直になれずにお礼を言ってるのか、はたまたそんなヘマをするわけないだろと機嫌を損ねたのか。どちらだとしても推せる。実際に言葉が通じていないのは分かっているが、伝わっているかのような反応に萌えが止まらない。可愛すぎて我慢出来ずランランを膝に招いた。

「おっと、ずっしり」

やはり丸っこいせいか抱き上げたときに重量感がある。太り気味は健康に良くないので、おやつはあげないほうがよさそうだ。どうせ食べてくれないけれど。余所でどんな豪勢なご飯をもらっているのだろうか。明鈴の他にも可愛がってくれる人がいるのは良いことだが、もう少しランランの健康のことも考えて欲しいものだと明鈴は思った。

明鈴はまだ正式な正妃ではないため、正妃の仕事はほぼ無く妃教育に重きが置かれていた。毎日勉強の時間が設けられ、主に女官長にしごかれる日々を過ごしている。貴族としての礼儀作法は身につけているとはいえ、正妃ともなるともっと深く細かく指導が入るので大変だ。復習に付き合ってくれる紅希には頭が上がらない。

そして、ただでさえ妃教育でぐったりしているのに、大牙が様子を見にちょくちょく後宮へ来るので余計に気疲れがたまるのだ。でも大牙が後宮に来るということは、小華との関係を深めさせる良い機会ともいえる。だから二人を交流させようと考えるも、大牙は明鈴の顔を見てすぐ執務に戻ってしまう。そんなに忙しいなら来なければいいのにと言いたい。まあ怖くて言えないけれど。

小華の方も、大牙がいるときに呼んでも用事があって来られなかったり、来ても大牙は帰った後だったりとすれ違いばかり。上手くいかないものだと明鈴は落ち込んでしまう。

そんな気苦労だらけの日々を送っているのだが、後宮で茶会が催されることになった。茶会は全員参加だったり、数人の小規模なものであったりいろいろあるが、みんな着飾って参加するのだ。後宮から出ることが出来ない妃達はおしゃべりをして発散したり、はたまた皇帝（今は大牙皇子だが）を招いて顔を売り込んだりするので、意外と重要な行事だったりする。今回は明鈴達が後宮に来て初めての茶会なので、全員参加の豪勢なものになるらしい。

茶会の開かれる当日、朝から後宮内は慌ただしい空気に満ちていた。

「明鈴、その棒の先に鳥の羽をくくりつけた変なおもちゃを作るのは止めて準備してよ」

紅希が両手を腰に当てて怒ってきた。ランランを運動させるための猫じゃらしを鋭意製作中だったが、そろそろ茶会に向けて準備を始めなければいけないようだ。茶会よりも猫じゃらしを完成させる方が明鈴にとっては重要なのだが。そんな風に内心愚痴をこぼしていると、小華がいつもの格好で部屋を訪ねてきた。

「本日は騒がしいようですが、何かあるのでしょうか？」

小華の問いかけに明鈴は青ざめる。

「お茶会があるのだけど……まさか聞いてない？　そんなことないわよね。お茶会の準備に必要なものの話をしたもの」

小華は貴族の茶会など出たことがないため、何が必要で、どう振る舞ったらいいのか困っていたのだ。明鈴は分かりやすく教え、足りぬところは紅希が補足し、小華が当日困らぬようにと教えていた。

「え、お茶会は三日後では？」

小華が目を丸くしている。つられて明鈴も目をまん丸に見開く。

「今日よ！　はやく部屋に戻って用意なさい」

明鈴は小華の背を押すも、小華が立ち止まってしまう。

「明鈴様、どうしましょう。衣装がまだなのです。明日届くことになっていて……」

今回の茶会は大牙皇子も招いての後宮総出で行う大きな催しだ。中途半端な格好で出席してはひんしゅくを買ってしまう。どうしたものかと明鈴は必死で考える。

「小華、あなた誰に茶会の日時を聞いたの？」

紅希が眉間にしわを寄せて尋ねた。

「女官長からのお達しだと、見たことのない女官が部屋に知らせに来てくれたのですが」

困り果てた表情で小華は答える。

「完全に嫌がらせね。まったく表立って動けないからって、何て陰湿なの」

紅希が怒りもあらわに扇を手のひらに打ち付けた。

確かに小華がいじめられないように明鈴達は身近にいるようにしていた。明鈴だけでは効果は薄いかもしれないが、紅希も一緒のためかなりの虫除けになっていたのは事実だ。

おかげでゲームに出てきた小華への嫌がらせは、今のところすべて回避していたから完全に油断していた。

どうあっても小華をいじめたいのか！　おのれシナリオ強制力め、と奥歯をぎりっとかみしめる。

ゲームでは茶会で大牙とヒロインが少しだけお互いのことを理解して距離を縮めるのだ。小華には絶対に参加してもらわなくてはならないイベントである。

もう時間が無いことを加味すると、これしか切り抜ける方法が思いつかなかった。

「小華、私の衣装を着てお茶会へ出なさい」

だが小華は困惑した表情を浮かべる。

うん、分かるよ、戸惑うその気持ち。明鈴が逆の立場だとしても同じ反応をするだろう。

「明鈴様はどうされるのですか」

「私は体調不良とでも言って誤魔化すわ」

「ならば明鈴様ではなく私が体調不良ということにしましょう。もともと私がしっかり確認していなかったのがいけないのですから」

小華が気に病む気持ちは分かるが、明鈴のためを思うならば茶会に出て欲しいのだ。明鈴は心を鬼にして言いくるめることを選択する。本当に申し訳ないと思いながら。

「いいえ、あなたは桃仙の乙女です。大牙皇子はもちろんのこと、太師達や各省の尚書も今回は呼ばれていると聞いています。あなたの存在を待ち望んでいた人々の前でしっかり挨拶をしてきなさい。こういうことは初めが肝心なのですよ」

出来うる限り優しい声で諭す。小華に言っていることは明鈴にとっても同じことが言えるのだが、明鈴は正妃の座にこだわりはないので平気だ。女官長や工部尚書である父には後で怒られるかもしれないけれど。

小華は眉を寄せて考え込んでしまったが、ほどなく決意したように顔を上げる。

「なんて思慮深いお言葉……分かりました。私、立派に挨拶して参ります」

小華は背筋を伸ばして宣言した。その様子にほっと息をつく明鈴だった。

幸いにも明鈴と小華の背格好は同じくらい。丈が合わないということもなく、無事に着付けることが出来た。装飾品もそのまま明鈴が用意したものを着け、髪を整え化粧を施すと可愛らしかった小華が輝くような綺麗な女性へと変身した。

うん、これなら大牙皇子もイチコロね！と明鈴は満足げに頷き小華を送り出す。

その後、明鈴は紅希と二人きりでのんびりとお茶を飲んでいた。

「紅希、みんなお茶会に出ているから静かですね」

渇いた喉を潤すように一口飲む。

「本当に良かったの？　もちろん、明鈴の判断が間違っていたとは思わないけれど、他の手段もあったんじゃないかしら」

紅希が少し不満げにしていた。

「みんな正妃より桃仙の乙女を見たいと思っていたから良いんです。小華が欠席していたたまれない気持ちになるのは可哀想だし、足を引っ張りたい人達から悪く言われるのを防げるだろうし」

「明鈴だって同じことじゃないの。お人好しすぎよ」

紅希は買いかぶりすぎだ。いま言ったことも理由の一つではあるが、自分の都合を小華に押しつけていたのも事実なのだから。

「お人好しなんかじゃないですよ。私には味方でいてくれる紅希がいるから、小華が矢面に立つより私が立った方が丸く収まると思ったのです」

明鈴は言いながら本当にそうだなと思った。紅希ほど心強い味方がいれば、少しくらいの悪条件など気にならないのだと。紅希の権力がというよりも、側にいてくれるという信頼がそう思わせてくれる気がした。

　すると、途端に紅希は不満顔を止めて上機嫌に笑みを浮かべた。

「明鈴たらちょっとだけ正妃っぽいじゃない。ふふ、そういうことにしておいて、せっかくだしお茶を楽しみましょう。二人でゆっくりするのも久しぶりじゃない？」

　そんなに嬉しくなるようなこと言ったかなと思いつつ、明鈴は相づちをうつ。

「確かに久しぶりですね。偉い方々があんなにたくさん来る物々しいお茶会は気が張るし、出ずに済んでかえって良かったかもしれないです」

「言えてるかも。あ、これ実家から送ってきたお菓子なんだけど、いろんな種類が入っているから好きなもの選びなさいよ」

　紅希が持ち出してきた桐箱をあけると、紅希の実家で出されていた菓子が詰まっていた。

「目移りしてしまいますね。どれにしよう」

　優柔不断を発揮していると、呆れたように紅希が先に一つ摘みあげた。牡丹を模した可愛らしい菓子だ。あれもいいなぁと思いつつ桐箱の中に視線を戻す。桃の形のも可愛いけど、王道のごま団子にしようか。以前食べたとき美味しかったし。

「……明鈴、これはやめて別のにしましょう」

「え、どうしてです？」

　目の前から桐箱が撤収されていくのを名残惜しげに見る。

「いいから、いいから。明鈴と食べようと思って巷で話題のお菓子を入手していたのよ。すっかり忘れていたわ。茶会でも出したかったらしいけど無理だったって嘆いていたから貴重なものよ」

紅希がそそくさと奥から新たな包みを持ってきた。

「それがここにあるって、つまり紅希の力業でお茶会から奪ってきたのですか？」

「んー、まあそうとも言う？」

明鈴はがっくりと頭を抱える。紅希は行動力も知識もある優秀な侍女で頼もしい友でもあるのだが、どうもやることが明鈴を優先しすぎて危なっかしい。

「早くこれは食べてしまいましょう」

証拠隠滅である。

茶会が無事に、といっていいのかは分からないが終わった。小華はちゃんと参加して、求められた挨拶も立派に済ませたと聞いている。周りの勧めで大牙の隣に座り、少し話をした場面もあったらしい。

衣装が間に合わないと聞いたときはどうなることかと思ったが、なんとかお茶会イベントは成功といって良いのではないだろうか。だって大牙と小華は今までまったくしゃべっていなかったのだから。

これで二人が話すきっかけになっただろう。やはり小華に衣装を譲って正解だったのだ。

明鈴は単純にもそう思っていた。

――カタン

そろそろ寝ようかと思っていると何かの気配がした。ランランが来るときはだいたいこの時刻なので、完成した猫じゃらしを手に扉の下の方を見る。しかし、そこにランランはおらず人の足があった。

恐る恐る足から順に視線を上げていく。冷や汗がにじみ出てくるのが止められない。

「邪魔するぞ」

そこにいたのは寝衣に上着を羽織った大牙だった。しかもとても不機嫌そうな顔をしている。

頭の中は大混乱だが、とにかく出迎えなければと駆け寄った。

「い、いいいかが、なされましたか？」

必死でひねり出した言葉は震えて途切れ途切れになってしまう。

「明鈴に会いに来た」

「こ、こんな夜分に？」

そうだ、夜だ。もう寝る時刻なのだ。来るときはいつも昼間なのにどうして。

「別に構わないだろう。夜に夫が妻の寝室に来るのは当たり前のことだ」

明鈴は思わず自分の寝衣の胸元をつかむ。

大牙の来訪は必ず前触れがあった。まさか同衾することなどないと思っていたが、仮にあったとしても前触れがあるものだと思っていたのに。いきなり来るものなのだろうか。

「あ、あの、その、まさか大牙皇子がおいでくださるとは思っておらず……ええと……」

「なんだ、ハッキリ言え」

ひっ、と軽い悲鳴が出てしまう。

大牙が一歩、また一歩と近寄ってくる。明鈴は震える足を後ろへと動かした。虎に睨まれた兎だ。逃げたいけど逃げられない。

ふくらはぎが何かに阻まれた。恐る恐る振り返ると明鈴は寝台の横まで追い詰められていた。混乱のあまりじわりと涙がにじんでくる。

思わず手にしていた猫じゃらしを武器のごとく目の前にかざした。少なくとも猫じゃらし分の距離は保てる。現に大牙は立ち止まり、眉間にしわを寄せて猫じゃらしを見ていた。

「なんだこれは」

すいっと簡単に抜き取られてしまった。

「あ、それは、ね……こじゃなくて、小動物と戯れるためのおもちゃです」

あやうく猫じゃらしと白状してしまうところだった。後宮で猫と戯れているなんて知られたら大変だし、下手をしたらランランが駆除されてしまうかもしれない。

「……」

大牙は無言で猫じゃらしを見つめていたかと思うと、ぽいっと投げ捨ててしまった。

「酷い、せっかく頑張って作ったのに」

「こんなものはどうでもいい。会いに来たと言ってるだろう、話を聞け」

唸るように言われ、明鈴はびくっと首をすくめる。

なんでこんな怖い人に追い詰められているのだ。ただ生き延びて平穏に暮らしたいだけなのに。大牙の正妃なんてこれっぽっちも望んでなんかいないのに。

「お、お待ちください……ええと、そう、心の準備が出来ておりませんので、どうかお引き取り下さい！」

意を決して明鈴は言い切った。だが大牙にフンと鼻で笑われる。

「正妃に召し上げられておいて心の準備ができてないなど笑わせるな、と言いたいところだが違う。勘違いするな。別に夜這いに来たわけではない」

え、そうなの？　勘違い？　めちゃくちゃ恥ずかしいんですけど。

羞恥で顔が一気に熱くなる。

「その、では、何故おいでになったのでしょうか」

恥ずかしいのと来訪理由が分からないという恐怖で、心臓が変な音を刻む。前世で存在した動悸息切れの薬が死ぬほど欲しい。

「お前は俺の正妃だろう。なぜ今日の茶会に出なかった」

来訪理由はまさかの茶会の件だった。でも気まぐれで置いた正妃など茶会不在でも構わないのではないだろうか。ここまで機嫌を損ねる意味が分からない。

「女官長から体調が思わしくないから茶会を休むと聞いた。だから、茶会の合間に見舞いに行った」

大牙の言葉に冷や汗がつうっと流れた。茶会の最中、紅希とおしゃべりしながらお菓子を頬張っていたが……まさかあれを見られていたのか？

「如紅希と茶会のことを馬鹿にしたように笑っていたな」

「馬鹿になど……していません」

したつもりはないけれど、のんきに笑っていたのは事実だ。

「いや、馬鹿にしていた。そもそもあの茶会は後宮の顔見せも兼ねていたのに、正妃が不在だなんて俺を蔑ろにしているとしか思えん。お前は俺の妃になるために後宮に来たのだろう。それなのに俺の存在を無視して良い度胸だな」

「ち、違うのです。あれには深いわけが！」

大牙の威圧に耐えかねて尻餅をつくように寝台に座り込んだ。大牙が顔を寄せてくるので寝台をじりじりと後ずさる。逃げたところで意味が無いことは分かっていた。それでも本能で少しでも距離を取ろうと体が動いてしまう。

夜這いでないならどうしてこんなに迫ってくるのだ。近すぎて怖いんですけど！

「仮病を使って茶会を欠席することに理由が？」

そんな嫌味な言い方しなくてもいいじゃないかと思いつつ、分が悪いのは自分なのでそこは呑み込む。

「お願いですから、落ち着いてください」

もうこれ以上明鈴は下がれない。ふるふると体が震えてくる。

「俺は落ち着いている。慌てているのは明鈴の方だろう」

「そうかもしれませんが、こんな状況で慌てない方が無理です。近すぎます！」

怖いし聞いてくれないし横暴だし、もう本当に嫌だ。じわりと滲んでいた涙がもうこぼれそうだった。

大牙が手を上げたのでついに叩かれるのかと思い、明鈴はぎゅっと目を瞑る。だが襲ってきたのは痛みではなく、目尻をすっと撫でる優しい感触だった。

「お前はいつもそうだ。俺を見ない、すぐに目をそらす、怯える、逃げる」

目を開くと大牙の金色の瞳が悲しげに揺れていた。

その瞳に吸い込まれるように見入ってしまう。初めて大牙をまっすぐに見たような気がする。こんな迷子のような表情もするのだなと不思議な気持ちになった。いつも怖くて乱暴な姿しか……いや、手首をつかまれたくらいでよく思い返すと痛いことはされていない。もしかしてゲームの先入観で勝手にびびりまくっていただけなのか。

どれだけ見つめ合っただろう。一瞬だった気もするし、長い時間だった気もする。だけど明鈴からは目をそらせなかった。

「仕置きはこれくらいにしてやる」

大牙がそう言って体を起こした。その瞬間、金縛りがとけたように瞬きを繰り返す。

「お仕置き？」

「そう、お前は俺が近寄ると怖いようだからな。俺を蔑ろにした仕置きだ。これに懲りたらもっと俺を尊重しろ」

「も、申し訳ありませんでした」

優しいのか傲慢なのかどっちだろう。だが大牙なりの譲歩なのかもしれない。

「それで仮病の理由を聞こうか」

大牙は明鈴の隣に胡座をかいて座った。明鈴は起き上がると一人分距離をとり正座する。

「は、はい。実は何か手違いがあったようで、小華はお茶会の日時を間違って知らされていたのです」

実際は小華への嫌がらせだろうが、大牙相手に嫌がらせを受けていると告げ口をするのは影響が大きすぎるのでやんわりと表現した。今の大牙にそこまで小華への思い入れはなくとも、ゲームの終盤では溺愛するのだから用心しなければと思う。下手に処刑される人は増やしたくないのだ。

「日を間違えたと。それは伝達をした女官の仕事がちゃんと出来ていないということか」

「あ、いや、どうでしょうか。女官が言い間違えたのか、小華が勘違いして覚えていたのか、今となっては分かりませんし、そこはもう掘り下げない方が良いかと」

事を荒立てたくないので慌てて誤魔化す。

「ふん。まあいい、続けろ」

「は、はい。ええと、小華は三日後がお茶会だと思っていたので衣装が間に合っていなかったのです。彼女は桃仙の乙女であり多くの人々が待ち望んでいた存在です。彼女がお茶会に出ないわけにはいきませんので、私の用意した衣装を着せました」

「つまり桃仙の乙女に衣装を渡したから着るものがなかった、ということか？」

明鈴はその通りですとばかりに何度もうなずいた。

「はい。正妃という立場でありながら、中途半端な格好では大牙皇子にご迷惑をかけてしまいますから」

「なるほどな。一応、分かった。だが今後何か問題があった際は俺に相談しろ。必ずだ」

大牙がギロリと睨み付けてくる。

「は、はい。気をつけます」

明鈴はほっと胸をなで下ろす。

「本当だな。次に同じようなことがあったら、今度は泣こうが喚こうが問答無用で噛みつくぞ」

大牙の圧に、ひいっと変な声が出た。

「肝に銘じます！」

明鈴は頭を下げ、ぽすっと寝台にこすりつけながら疑問に思う。明鈴にとって噛みつかれるのは本気で嫌だが、大牙は嫌じゃないのだろうか。正妃が必要だからと適当に選んだだけの存在を噛むって……。明鈴であれば、その辺の適当な人を触るだけでも抵抗があるのだが。虎だからあまりそういう部分には抵抗がないのかもしれない。

頭を上げて、ちらりと大牙を見上げる。大牙は落ち着いたようすで明鈴を見つめていた。少なくとも怒ってはいない。話題もちょうど途切れたし、今ならちょっと踏み込んだ話も出来そうだと思った。

「大牙皇子、お伺いしたいことがあります」

「言ってみろ」

一度息を吐くと、ゆっくり吸い込み顔を上げ大牙を見る。

「何故、私を正妃に選んだのでしょうか。他にもっとふさわしい人はいると思います」

ずっと知りたいと思っていたけれど、尋ねる機会もなくここまできた。

「確かにお前以外にも候補はいた。だが正妃として側に置くには信用ならない」

「信用、ですか？」

大牙の話しぶりからすると明鈴は信用出来ると思われているらしいが、どのあたりで信用を勝ち得たのか全く分からない。正妃に選ばれるまでに大牙と会ったのは街で破落戸に絡まれていたときだけだ。はっきりいって失礼なことをした覚えしかないのだが。

「俺と初めて……街で会ったとき、お前は如紅希をかばおうとしていたな。怖いくせに前に出て、なんて馬鹿な奴だろうと思った」

ですよねーと相づちを打ちたくなる。

「お前は取り立てて優れているところはないが、己よりも強い相手に屈せず友人を助けようとする行動は信用できると思った。陰謀渦巻く城内で信用出来るか出来ないかは重要だ」

「あのときはとっさに体が動いてしまって。そのように深読みしていただくほどではありません」

明鈴は首を横に振る。だが大牙は意に介せず続けた。

「人柄というものは窮地に立ったときにこそ現れる。だからお前は自分の行動をもっと誇って良い」

「あ、ありがとうございます？」

なんなのだろう。思わぬ褒め言葉にこそばゆい気持ちがあふれてくる。

知らなかった、ちゃんとした理由があったなんて。嫌がらせで選ばれたと思っていただけに、逆にどう反応して良いのか困ってしまう。

「先に言っておく。四妃も選ぶつもりはない。理由は同じだ、俺は信用できない人物を懐に入れるつもりはないからだ」

「え、ではこの先も妃は私一人ですか？」

「そういうことになるな、喜べ。俺を独り占めできるんだ、嬉しいだろ」

大牙は明鈴の反応を面白がるように、にやりと笑みを浮かべた。あれ？　やっぱり嫌がらせをして楽しんでいる？

「ははっ……」

もう乾いた笑いしかでなかった。全然嬉しくない。気が重いし、荷が重すぎる。

だが、大牙の置かれている状況が明鈴にも少し分かった気がした。大牙は第一皇子であり次の皇帝になるにあたり誰にも文句を言わせない地位にいると思えるが、陰謀渦巻く城内において実は盤石ではないのだと。表に漏れてはいないが、先代皇帝の崩御と大牙には大きな関わりがある。それが大牙に大きな影を落としていたことをゲームの知識で知っているし、現に大牙の素質を疑って彼以外を皇帝にした方が良いのではと考える者が一定数いるのだと佑順から聞いたこともある。

今までシナリオにそって、どう処刑ルートを回避するかばかり考えていた。だから処刑してくる大牙のことは、ただのラスボス的なキャラという位置づけで彼の事情など何も考慮していなかったのだ。でも大牙の本音が垣間見えて、ちゃんと人間的な部分もあるのだと今日初めて気付いた。

怖いからと逃げることしか考えていなかったことを少し反省しなければ。殊勝にもそう思っていたというのに、大牙の思わぬ行動で反省の心など吹っ飛んでしまう。

「じゃあ、もう寝るぞ」

「はい？」

大牙は上着を脱ぐと、もぞもぞと寝台に潜り込んでしまった。

「ちょっとお待ちを。こ、こちらで寝るんですか？」

てっきり話が終わったら帰ると思っていただけに、大牙の行動は予想外だ。

「寝るに決まってるだろ。明日も早いんだ。お前も早く寝ろ」

そう言って大牙は明鈴に背を向けて静かになった。

え、寝た？　本当にここで寝るの？

佑順とさえ十歳を過ぎたあたりから別々に寝ていたというのに。赤の他人、しかも男の人と一緒になど考えられない。あ、まぁ、その、赤の他人というか、一応夫婦という肩書きはあるけれども……でも実を伴ってないならやっぱり他人だ！

　とりあえず寝台から降りた。どうしようと右往左往し、紅希の部屋で寝させてもらおうかとも考える。だがもし実行したら『正妃に逃げられた皇子』と噂が流れるかもしれない。そんなことになったら絶対に大牙は怒るだろう。せっかく怒っていない貴重な状態なのに、それを無効にするなどもったいないし。

　仕方がないので椅子をくっつけてそこで寝ようと思い、椅子を動かす。上掛け代わりに一枚着込み、椅子の上で横になる。緊張で寝られそうにないなと思ったが、いつの間にやら眠っていたのだった。

　しばらくして寝息が聞こえ始めた。
　大牙はむくりと起き上がると、椅子で眠る明鈴を見る。
「あいつ……そんなに『俺』が怖いのか」
　自分を怖がり、いつも逃げようとする明鈴。もちろん、自分の行動も悪いとは自覚しているが、明鈴も逃げすぎだろう。でも、今日は少しだけ進歩したのかもしれない。同じ寝台には寝てくれなかったが、逃げずに同じ部屋にいてくれるのだから。

寝台から降りて明鈴のもとに行く。明鈴の寝顔は想像以上に可愛らしく、思わず手が伸びた。卯国の白兎の血がまざっているだけに明鈴の肌は白い。そっと頬を撫で、親指でふっくらと赤く色づいた唇に触れる。

無防備な獲物から目が離せない。渇いた喉をごまかすように、ごくりと唾を飲んだ。明鈴にはどうも虎の本能が刺激されてしまうから困ったものだ。

「はあ……兎だからな、仕方ない」

だが狩猟本能が顔を出すと同時に、この愛らしい寝顔を邪魔することなく守りたいという慈しみもあふれ出てくる。

「……安心しきった顔をしている」

なんとか慈愛を勝たせた大牙は、明鈴を起こさぬようにそっと抱き上げた。

「寝台で寝ろ。風邪を引くだろう」

明鈴を寝台に寝かせ上掛けをそっと被せる。大牙はしばし明鈴の寝顔を眺めるのだった。

第三章
兎は虎の心を知らず

気持ちよく寝台で目覚めた朝。いつもなら時間になると身支度を手伝ってくれる女官達が来るはずなのだが、何故か今日は来ない。
不思議に思っていると、控えめな音で扉を叩く音がした。
「明鈴、起きてる？」
紅希の声だった。

「はい」

「入っていい？」

いつも勝手に入ってくるくせに、どうして今日はそんなことを聞くのだろうか。

どうぞと許可すると、様子を窺うように部屋に入ってきた。

「良かった、意外と普通ね。体がつらいとかない？」

「いたって健康だけれど、どうしてです？」

「どうしてって、そりゃ……もしかして何もなかったの？」

「何もって…………あっ」

明鈴は周りを見渡す。部屋の中には明鈴と今入ってきた紅希だけだ。寝ぼけた頭が動き出し昨夜の大牙の訪れを思い出す。女官が起こしに来なかったのは気を遣ってのことだったのだ。女官達に勘違いされているかと思うと恥ずかしくてたまらない。

「私、椅子で寝たはずなのに……？」

何もないからいつも通りで頼むよと、明鈴は大きなため息をついた。

「大牙皇子が運んだのね。まったくあの虎は何考えてるんだか。まぁ簡単に明鈴が手に入ると思われるのも癪だし、まだ私だけの明鈴でいて欲しいし、日和ってくれて大変ありがたいけれど」

紅希がうつむき、何やら考え込んでぶつぶつとつぶやいている。声が小さくてよく聞こえなかったけれど、なんて言ったのだろうか。でも、とりあえず紅希には何もなかったと分かってもらえたようで安心だ。

「ランラン、いらっしゃい」

大牙の訪れた夜から二日後の夜にランランがやってきた。一定の距離は感じるものの明鈴の膝の上でゴロゴロと喉を鳴らす姿はたまらなく愛しい。なお一定の距離とはお腹側を触らせてくれないことをさすのだが。特にお腹に顔を埋めようとすると非常に嫌がるので明鈴はちょっと寂しく思っている。

「ランラン。ほぉら、新しいおもちゃだよ」

明鈴は新作の手作りおもちゃをランランの前で揺らす。だが微動だにしない。え、目で追いさえもしないってどういうこと？　そんなに無関心ってことある？　心なしか目から光が消えているようにも思えるし。猫の虚無顔とかそれはそれで尊いけれど。

「これも気に入らない？　困ったなぁ。ランランは健康のためにも運動が必要だと思うんだ。一緒に遊んで美猫を目指そうよ」

ランランの顔をのぞき込み、ぐりぐりと額同士をすりあわせる。ランランは逃げないので毛がこすれてこそばゆい。

ランランはとても猫らしい気まぐれな性格だ。せっかく猫じゃらしを振ってみてもこのように全く反応せず。遊びに付き合ってくれないその冷たさも、明鈴にとっては一周回って可愛く思える。逆に遊んでくれるおもちゃを作り出してやるぞと謎のやる気がみなぎってくるほどだ。

かと思えば、お腹以外のスキンシップは嫌がらなかったりする。もふらせてくれるのは嬉しいが、人間は欲深い生き物ゆえに一緒に遊びたいという気持ちは捨てられない。

でもあまりしつこくすると機嫌を損ねてしまうので、今日のおもちゃで遊ぼうチャレンジはここまでにしておこうと思う明鈴だった。

「ねぇランラン、この前ランランが来たかと思ったら大牙皇子だったの。驚いちゃった」

寝台に腰掛けランランを膝の上に置き、さわさわと頭を撫で耳の後ろを優しく掻く。

「少しお話もしたの。ずっと怖いだけの人かと思ってたけど……そうじゃないのかもって」

大牙は明鈴が怯えるのを気にせずに追い詰めてくるかと思いきや、起こさぬように寝台に運んでくれたりもする。大牙という人物は明鈴にとって難解だ。

「大牙皇子は他の妃はいらないって言うし。でもそれじゃ桃仙の乙女とはどうなるのかな」

ランランが明鈴の手を猫パンチではねのけてきた。急にご機嫌斜めになってしまった。どうしたのだろう。ランランをあやすようにゆっくり撫でながら、再び考え始める。

他の妃はいらぬと決めつけられては、桃仙の乙女との距離を縮めるのは難しいのではないだろうか。現に茶会後の大牙と小華の様子に変化は見られない。ぎこちなくも会話する二人がこれから見られるはずとウキウキして見守っていたのに、一向にそういう場面が来ないので正直がっかりだ。

今日だって昼間に大牙が後宮に顔を出しにきたけれど、小華と話すどころか視線すら合っていなかった。意識したゆえに視界に入れないではなく、本当に興味がないから見ていないという感じだった。これは大牙皇子ルートの攻略がまったく進んでいないということではないだろうか。由々しき問題である。

「ちょっとくらい会話してくれないかなぁ。話してみたら小華の良さも伝わると思うのに」

小華は慣れない環境に放り込まれても懸命に自分のやるべきことを全うしようとしてい

る、とても頑張りやの可愛い子だ。桃仙の乙女として今は神事で奉納する舞を練習しているが、これまで庶民暮らしをしていて舞とは無縁の生活を送っていた小華は苦戦している。でも諦めずに毎日練習している健気な姿はさすがヒロインの貫禄、手を差し伸べて助けてあげたくなるのも納得だ。

ランランがもぞもぞと動き明鈴を見上げてきた。珍しい、いつもはそっぽを向いていることが多いのに。

――トントン

扉を控えめに叩く音がした。ランランがぴくっと耳を動かす。

「明鈴、入っていいか」

佑順の声だった。佑順は明鈴の兄ということで特別に後宮の出入りを許されている。もちろん、後宮内を歩くときは宦官の先導がなければ駄目だが。

「どうぞ」

明鈴が許可をすると同時にランランが膝の上で暴れ出した。どうやら膝から降りようとしたのに、爪が寝衣に引っかかってしまってもがいているようだ。爪にヤスリを掛けているため明鈴は痛くないが、逆に暴れるランランの脚が心配である。

「ランラン、落ち着いて。脚捻っちゃうよ」

「明鈴どうした。誰かいるのか！」

佑順が転がり込むように入ってきた。

「大丈夫よランラン、あの人はいじめてこないわ」

ランランはそれでも逃げようともがいているので、余計に明鈴の寝衣が絡まっていく。

出会ったときも石を投げられていたし、恐らく気を許せる人間以外が怖いのだろう。

「えっ…………………何してんの？」

佑順は膝の上で布だるまと化したランランと明鈴を交互に見比べた。

「ええとね、兄様。怒らないで欲しいんだけど、猫を、こっそり可愛がっているというか」

佑順にしてみたら忌み嫌われる猫を後宮に招き入れて可愛がっているなど呆れてしまう案件だろう。正妃としてあるまじき行為だと怒られても仕方ない。けれど佑順だったらきっと見逃してくれるはず、と期待してみる。

「……猫？」

「えぇ、寝衣に埋もれちゃってるけど、ええと、ほら」

明鈴は寝衣を少しずらしてランランの顔を見えるようにする。ランランは嫌なのか佑順から顔をそらしてしまうけれど。

「……いや、それ猫かな？」

「猫だよ。だってみんな猫だって言ってたし、耳も尻尾もあるし」

猫でないのならば、桃果堂で石を投げられ損ではないか。みんながあれだけ恐れていたのだ、この世界で嫌われている猫以外に何だというのだ。

「まぁ確かに耳と尻尾はあるけど。でもさ、耳と尻尾だったら他の動物だってあり得るじゃん。例えば虎…………うん、やっぱ猫だな、きっと」

ランランが『ぐるるる』と威嚇し始めた。どうやら佑順がお気に召さないらしい。

「そう、ランランは猫だよ。虎は神聖なものとして飼われているから、野良の虎とかいるはずないし、それにランランは虎みたいに大きくないしね。何より柄が全然違うもの」

ランランは虎柄とは似ても似つかぬ灰色と黒の斑模様なのだ。虎柄というより灰色と黒の牛柄と表現した方が分かりやすいくらいだ。

「あぁ……そう、まあ確かに…………くくっ、そっか、猫だね、ぷぷぷ」

佑順は怒ることなく逆に何か楽しそうにしている。とりあえずランランが問答無用で追い出されることはなさそうで一安心だ。

「兄様。私ね、猫が大好きなの。猫は忌むべきものっていわれているけれど迷信だと思ってるし、この子が何か悪いことしたわけでもないのに否定されるのは可哀想。それにね、ランランが夜会いに来てくれるから慣れない後宮暮らしも何とかやっていけてる。だからランランがここに来ることを許して欲しいし、他の人には黙ってて欲しいの」

ランランをそっと抱きしめ、佑順に向かって懇願する。

「一つ聞く。そのランラン……ふふっ、ランランとやらはちょくちょく顔を出すのか？」

「ええ、いつも寝る前の時間にふらっとやってくるの」

「ほおほお、なるほどね。うん、明鈴の癒しになってるのなら俺は何も言わないさ。でも他の人に見つかるとうるさいからうまいこと隠せよ」

佑順はそういうとしゃがみ込み、ランランに目線を合わせた。途端にランランが『フシャー』と毛を逆立てて威嚇する。

ランランを撫でて落ち着かせながら、明鈴はふと気付く。

「兄様、何か用事があったんじゃないの？」

わざわざこんな夜更けに訪ねてくるなんて、よほどの何かが起こったとしか思えない。

「いや、もう大丈夫。ちょっと居場所をね、捜してたっていうか」

誰のだろうか。明鈴に聞きに来るくらいだから、明鈴に関わりのある人物だろうけれど。

「もしかして小華に何かあったとか」

妃候補達に嫌がらせをされたり、桃仙の乙女として他国に狙われたりする可能性は十分に考えられる。ちなみに紅希は何かあっても自分で何とかしそうだから除外だ。

「違う違う、別の人だって。本当にもう大丈夫だから俺はもう帰るわ。あまり後宮に長居するのも良くないしな」

佑順は立ち上がりランランをもう一度見た。どこか切なげな表情に明鈴は心配になる。

「兄様？」

「明鈴。せっかく珍しい猫が会いに来てるんだから優しくしてやれよ」

「ええ、もちろんだけど。どうしたの？」

首を傾げつつ見上げるも、佑順はただ曖昧に微笑むだけだ。それ以上何かを言うことはなく、最後に明鈴の頭を軽くぽんぽんと触るとそのまま部屋を出て行った。

「何だったのかしらね」

急に大人しくなったランランを布だるまから救出しながら、首をひねる明鈴だった。

ランランとのおもちゃ対決に惨敗している明鈴だが、諦めずに新しいおもちゃを作り続けている。前世で愛用した猫じゃらしを模したものの色を変えたり素材を変えたり。はたまた鼠のぬいぐるみを作ったら、紅希に不細工すぎると笑われたのが心外だが。

大牙と小華の仲をどうしたら深められるか悩みつつ、今も明鈴の手はぬいぐるみの改良にいそしんでいた。だが、そんな明鈴の前にとんでもないものが出現した。

「明鈴、面白そうなものがあったわよ！」

紅希が卓上の木箱から取り出したのは見覚えのある茶器だった。

そう、明鈴はこの茶器を知っていた。何故ならばゲーム内で騒動を起こす呪われた茶器だからだ。正確には茶壺とよばれ、前世で使っていた急須の形をしている。赤茶色のつや肌は悠久の年月を感じさせる見事なものだ。

「こ、これ、どうしたのです？」

明鈴は震えそうになりながら尋ねる。

「届いていた献上品の中にあったのよ。何でも『願いが叶う茶器』っていう逸話があるんですって。最近元気なさそうだから、これで明鈴の困っていることを解決しましょ」

笑顔を浮かべる紅希を横目に、冷や汗を浮かべながら茶器を見る。

ゲームの中で侍女だった明鈴は、多くの献上品を悪役妃の前に運んだ。その中から、悪役妃の紅希が興味をもって選んだのがこの茶器である。数ある献上品の中から紅希がこれを選び取って今の悪役妃である明鈴の前に持ってくるなんて、まさにシナリオの強制力おそるべしだ。

「でもこれ、私が頼んだものとは違うのですが」

「小さな土鍋だっけ？　探したけれど大きなものしかなかったし、それよりこっちの方が面白そうじゃない」

目を輝かせている紅希には申し訳ないが、土鍋に入ったランランが見たかったのだ。絶対に可愛い。入ってくれるかどうかは分からないが、想像だけで白飯三杯は食べられる。

それなのに代わりに登場したのが呪われアイテムだとか最悪すぎるだろう。

「この茶器、あまり良い気配がしないというか……」

「え、そうかしら。骨董品なんてこんなかんじじゃない？」

紅希はまるで何も感じていないようだ。明鈴にはほの暗い気配がじわりとにじみ出ているように感じるのに。

ゲーム内のシナリオで紅希は、この願いが叶う茶器を使ってヒロインから大牙の寵愛を奪おうとしていた。だがそう簡単に願いが叶う道具などあるはずがなく、実はこの茶器には凶悪な黒獣が封印されていたのだ。悪役妃は封印を解いた黒獣に魂をじわじわと乗っ取られてしまい、本格的にヒロインの命を狙い排除しようとする。このことが大牙の逆鱗に触れ処刑へとつながるのだ。

それまでは意地悪程度だっただけに、もしこの呪茶器の封印を解かなければ処刑ではなく追放程度で済んだかもしれないとさえ思う。シナリオとは言え、代償が大きすぎるのではないだろうか。だが、そんな代償を要求する呪茶器が今まさに目の前にあるという事実に頭がくらくらとしてくる。動揺のあまり叫び出したい気分だ。

「と、とりあえず預かっておきますね。心遣いありがとうございます、紅希」

紅希に持たせておくのが怖くて茶器を受け取ることにした。転がって割れでもしたら大変なので、震えそうになる手を叱咤しつつ丁寧に木箱に戻していく。

「使い方を調べておくわ。どんな効果が出るか楽しみね」

紅希はどうしても茶器を使ってみたいらしい。いくらあがいても悪役妃にこの茶器を使わせたいというシナリオ強制力なのだろうか。本当に頭が痛い。

あと少しで寝る時刻、紅希も自室に戻ったので一人きりだ。静まりかえった部屋、卓上においた呪茶器を睨み付けていた。

「この呪茶器の封印が解かれる前にどうにかしないと」

封印の解き方は簡単だった。割ればいいだけ。けれど、強い封印がされている影響で割るには強い願いがなければならない。まぁ『願い』というよりは『欲望』と表現した方が良いかもしれないが。

ゲームの悪役妃は大牙の寵愛が欲しいという欲望をたぎらせて呪茶器を割った。黒獣は野放しにしていたら人を襲う怪物だけに封印は厳重なはず。その封印を解いて割ってしまうほどの願いだから、暴走した恋する乙女の思いとは恐ろしいものだ。

このままゲームの強制力に流されて呪茶器を割ってしまったら、明鈴はきっと黒獣に魂を乗っ取られてしまうだろう。そもそもゲームの紅希のように恋をしていない明鈴は封印を解けるかどうかは分からないけれど。でも処刑ルート回避という願いでなら割れるかもしれない。

「いや、絶対に割れる。黒獣が封印されているって知らなかったら、わらにも縋る思いで割ってたよ……たぶん」

明鈴はぶるっと恐怖に震えた。今ほどゲームの知識に感謝したことはない。

「割れない安全なところで、紅希にも見つからないところ……」

明鈴はきょろきょろと部屋の中を見渡し考える。だが部屋の中は紅希が見つけてしまうかもしれない。かといって、部屋以外の使ってなさそうな物置とかに押し込んだら全然関係の無い人が封印を解いてしまうかも。それは避けたい。となると、もうこれしか思いつかなかった。

「よし、埋めよう」

下手な場所に埋めると庭の草木の植え替えなどで掘り起こされてしまう可能性がある。誰も掘り起こさない、例えば石碑の真裏とかはどうだろうと考え、先祖の石碑が建っている中庭へ向かって回廊を進む。絶対に落とさないよう呪茶器の入った木箱を抱きかかえるようにして歩いた。

夜の見回りをしている女官がいたのでそっと柱の陰に隠れた。なんだか前世で見たスパイ映画のようだなと場違いな感想をもちつつ、女官が立ち去るのを待つ。やっと姿が見えなくなったなと、ほっと息をついたときだった。

「何をやっているの」

急に背後から声がした。おもわず悲鳴を上げそうになるも、声をかけてきた人物の手で口を塞がれた。

「もがもがっ」

「しぃ、騒ぎにしたくないなら大人しくして」

明鈴が小刻みに頷くと手を離してくれた。新鮮な空気を吸い少しずつ頭の中も落ち着く。呼吸を整えて改めて振り返ると、そこには拗ねたような表情の紅希がいた。

「紅希、どうしてここにいるのですか？」

「それはこっちの台詞。文献にその茶器と似ているものが載っていたから、早く明鈴に教えてあげようと思って部屋に行こうとしたの。そしたらこそこそと部屋を出ていく明鈴を見つけたのよ」

部屋を出た時点で見つかっていたらしい。一応誰もいないことを確認して出たつもりだったのだが。

ちなみにその文献に書いてあることはガセネタだ。指示に従って順番通りに淹れたお茶を飲んでも願いは叶わない。だからゲームの悪役妃は何も起こらないことに腹をたててこの茶器を床にたたき落とし、封印が解けてしまったという流れだった。よほどストレスがたまっていたのだろうとは思うが、やはりやることが苛烈だなという印象は否めない。

「明鈴、この茶器をどうするつもり？」

紅希の問いかけに引っかかりを覚える。「その茶器」ではなく「この茶器」と言ったのだ。

「あ、ない！」

抱きかかえていたはずの木箱がなかった。紅希を見ると、大きな袖に隠すように持っている木箱をチラッと見せてくる。

「明鈴てば本当に可愛い。私が現れたことに驚いて、木箱を抜き取られたことに気付いていないんだもの」

紅希はふふっと目を細めて笑っている。紅希はスパイの才能もあるのだろうか。もし明鈴の前世に生きていたら、スパイ組織で微笑みを浮かべてターゲットを翻弄していそうだ。

「紅希、その茶器は危ないものなのです。だからお願い、こっちに渡してください」

このまま紅希に持ち去られて何かあったらと思うと怖くてたまらなかった。もし割りでもしたら、紅希が紅希でなくなってしまうかもしれないのだから。

「え、嫌よ。せっかく一緒にこの茶器を試そうと思っていたのに、どこかに持って行く気でしょ。これは私が見つけてきた茶器よ」

紅希が明鈴に取られないようにひょいと木箱を上に持ちあげた。取り返そうと思わず手を伸ばすも届かない。だが、つま先立ちをしたせいでバランスを崩してしまった。

「明鈴！」

紅希がとっさに体を支えてくれたおかげで転倒はまぬがれた。だが、何かが地面に落ちる音に背筋が凍る。

「あ……落としちゃった」

紅希が地面で無残に転がる木箱を見てつぶやいた。落ちた衝撃で蓋が吹っ飛び、中の茶器が見えている。そして、見間違いであって欲しいけれど、茶器のかけらが転がっている。

「わ、割れてる！」

明鈴は真っ青になる。自分がよろけたせいで紅希は木箱から手を離してしまったのだ。

途端に重苦しい空気が満ち始めた。幻影かもしれないが、茶器から黒いもやがうっすら煙っている気がする。いや、本当に黒いもやが出ている！

「何か、いるわ」

紅希がそっと指さした先ではもやが濃くかたまっていて、次第に形を持ち始めた。

黒獣だ。やはり復活してしまったのだ。紅希は封印を解くほどの強い願いを今世も持っていて、どんな願いなのかは分からないけれどこのままだと黒獣に乗っ取られてしまう。

黒獣は割った人の願いを叶えるために力を使うが、使うたびに願い主の欲望ごと魂を喰ってしまうので精神も乗っ取られていくのだ。しかも、願いを叶えるために力を使うが、それが成功しても失敗しても力は使っているから魂は喰われていくという酷い設定だ。最終的に運良く願いは叶えられたとしても自我は残らない。

だから、黒獣に紅希の願いを伝えてはダメだ。焦りのあまり混乱する頭の中で、必死にどうすべきか考える。

黒いもやが完全に形を成した。真っ黒な毛並み、真っ黒な肌、何もかもが黒い大きな猿がそこにはいた。生前は中国の王族だったはずだが、もう人間の自我をなくして欲望のままに暴れ回る危険な獣だ。倒すことが出来なかった昔の人が茶器に封印をしたのだろう。

じりじりと黒猿獣が黒い息を吐きながら紅希に近寄っていく。おそらくあの黒い息は瘴気といわれるものだろう。破落戸には勝ち気だった紅希も、さすがに黒猿獣に対しては気味悪そうに警戒している。

『願いはなんだ』

黒猿獣がしゃべった、というより頭の中に声が響いた。ざらっとした感触の声だった。

「紅希、願いを言っては駄目です」

紅希の腕を後ろに引き、明鈴は黒猿獣と対峙する。

「明鈴、また私の前に出て。危ないから下がって」

再び前に出ようとする紅希を両手を広げて押しとどめた。

目の前の存在がいかに恐ろしいものかを知らない紅希を前に出すわけにはいかない。おまけに呪茶器を割るきっかけになったのは明鈴だけれど、実際に手から落とし割ってしまったのは紅希だ。黒猿獣が喰らおうとしているのも紅希であり、その証拠に紅希が位置を少し動くと黒猿獣の鼻先も一緒に動くのだ。

「紅希は絶対に動かないでください！　これは……これは命令よ」

背後で息をのむ音がした。

『邪魔だ、どけ』

再び黒猿獣の声がした。吐き出す瘴気が足下まで広がってきて、袖で鼻と口を押さえるも吸い込んでしまい頭が痛くなってくる。

「いやよ。紅希の願いは私が叶えるわ。だから、あなたの助力は不要よ！」

叫んだせいで黒猿獣の瘴気を一気に吸い込んでしまい、明鈴は激しく咳き込んだ。けれど、視線は黒猿獣から外さない。

『は……？　あんなにあった欲望が、減っていく』

黒猿獣が体を不機嫌そうに揺らし始めた。心なしか吐く瘴気の量も減った気がする。

もしかして紅希の欲望が消えたのだろうか。今ので？　どういうことだろう。

「明鈴、やっぱりあなたはすごい人。私にとっての唯一よ」

後ろから紅希に抱きしめられた。

紅希が肩に顔を埋めるようにささやいてきて、明鈴はこんな時なのにドキドキしてしまう。まるで告白を受けている気分だった。

「私の願いは明鈴と共にあることよ。明鈴が願いを叶えてくれるっていうなら、こんな茶器の怪物に頼むなんて邪道よね。やっぱり欲しいものは自分で手に入れないと如紅希の名がすたるわ」

紅希がふふっと笑う吐息が耳にかかる。くすぐったくてピクッと首をすくめた。

破落戸に絡まれた出来事をきっかけに気に入り度が増したなとは思っていたが、まさかここまで気に入ってくれていたとは思わなかった。少し戸惑うけれど純粋に嬉しいと思う気持ちが勝る。明鈴とて良くも悪くも素直な性格の紅希は好ましいと思っていたし、後宮で何かと頼りにもしているから。

『ううう……このままでは身体が崩れる……よこせ、身体を』

黒猿獣がうめき始めた。もしや紅希の叶えるべき願いがなくなったせいで実体を保つのが難しいのだろうか。

『誰でもいい、身体を渡せ！』

黒い咆哮が響く。あまりの音量に地響きさえ感じた。

じりじりとこちらに向かってくる。荒々しい息遣いには瘴気が混じり、明鈴はさらに呼吸しづらくなってきた。瘴気を吸い込んではならない、でも息をしなければ酸欠で意識が朦朧としてくる。このままでは黒猿獣に襲われるか、酸欠で倒れて黒猿獣に襲われるか、結果的に襲われる未来しか見えない。

どうしたらいい。もう自分では手に負えない。誰か助けて。誰か……脳裏にある人の背中が思い浮かぶ。

「明鈴！」

名前を呼ばれた。それは思い浮かんだ人の声だった。

酸欠のあまり幻聴まで聞こえてきたのか……。そう自嘲した瞬間、何かが走り込んできて黒猿獣が吹っ飛んでいった。

そして明鈴の前には大牙がいる。強い意志を感じる瞳、凛とした立ち姿にふわりと服の裾がなびいていた。

ドクンと心臓が跳ねる。大牙が来てくれたのだ、明鈴を助けるために。

「下がっていろ」

大牙は飾り紐の付いた細い長剣を構えた。あれは後宮の壁に飾られていた剣のはず。慌てて剝ぎ取ってきたのだろうか。

大牙は目を閉じて一瞬息を止めるような仕草をしたと思ったら、長剣の刃に片手をかざし剣先に向かって振り切った。風圧とともに刃が淡く光り出す。闇夜に浮かび上がる光源に明鈴は目を奪われた。これが神通力、なんて神々しいのだろう。

明鈴の感動を余所に、大牙は神通力をまとわせた剣を構える。飾り紐が揺れたと思った瞬間、黒猿獣をざっくりと切り伏せた。黒猿獣はうめき声をあげるが次第に小さくなっていき、最後は沈黙した。

「怪我はないか？」

大牙が振り返った。

「は、はい……あの、助けていただきありがとうございます」

「何故こんなところに黒獣が入り込んだんだ。城内には汚れを祓う結界が張ってあるはずなのに」

おそらく呪茶器に封印された形で後宮に運び込まれたからだろう。だがそんな詳細を知っていてはおかしいので大人しく口をつぐむ。

大牙はあたりを見渡し、割れた呪茶器のところに歩み寄る。じっと見つめたかと思うと、今度は息絶えた黒猿獣の亡骸に歩み寄った。膝をつき黒猿獣に向かって礼の姿勢を取る。それは目上の人に対する最敬礼だった。

「安らかに……」

大牙のつぶやきが微かに聞こえた。

黒猿獣の亡骸に向かって大牙が手をかざす。神通力を込めたのか大牙の髪がふわりとなびいた。そして黒猿獣が黄金色に輝き、光の粒になって夜空に消えていく。

黒獣は自我を失い暴走する獣だ。人々にとっては恐ろしい怪物であり迷惑でしかない存在。けれど、もとを辿れば神通力を使って国の民を守っていたはずの存在。大牙はかつて王族として生きていた存在に対して礼をもって丁寧に扱った。その姿に明鈴も心を打たれる。

いつもの怒っている雰囲気とは真逆すぎて、混乱のあまり変な気持ちになった。消化しきれない胸のざわつきに戸惑ってしまう。

でも、分かったこともある。大牙はやはりただの怖い人ではないのだ。ちゃんと人の心があって、人の痛みを感じることが出来る人なのだと。

あと本当に遺憾ではあったのだが、颯爽と助けに現れた姿を見て、前世で大牙に騒いでいた子達の気持ちが初めてちょっとだけ分かった。監禁ヤンデレ男になるとしても、目の前で助けられてしまっては認めざるを得ない。この力強く凛々しい姿にみんな胸キュンしていたのだ。

「さて明鈴、詳しく話を聞かせてもらおうか」

ふらりと大牙が立ち上がり詰め寄ってきた。物思いにふけっていた明鈴は、額に青筋を浮かべた大牙の言葉に背筋を凍らせる。

「え、あ、その…………ん？」

詰め寄られたことで返答に困っていた明鈴だったが、大牙の手首に黒い斑のようなものがちらっと見えて目を見開いた。

ゲームの後半、バッドエンドに向かう大牙が見せる神通力の暴走の兆しと同じだったのだ。だが、もっとしっかり確かめようと目をこらしたらすっと消えてしまった。

明鈴は後宮内の自室にて縮こまって座っている。ざっくりと紅希から話を聞き終えると彼女は帰され、今は明鈴と大牙だけだ。仁王立ちする大牙に見下ろされ、明鈴はぷるぷると震えるしかない。

「お前はなぜ茶器が危ないと分かった」

たらりと冷や汗が背中を伝う。

「その……前に書物で、曰くつきの骨董は危ないと、読んだことがありまして」

実際は書物ではなくゲームだが、まったくの嘘は言ってないのでこれで許して欲しい。

「書物で読んで危険だと判断した訳か。なるほど、お前は俺との約束をすっかり忘れているようだな」

約束？　何かしただろうか。

明鈴は必死で大牙との会話を思い返す。そして、あっと小さく声を上げた。

「お茶会のあとのことでしょうか」

怖々と伺いを立てる。すると頬を引きつらせながら大牙が笑みを浮かべた。

「覚えてんじゃねーか。言ったよな、何かあったら俺に相談しろと」

「も、申し訳ございません！」

明鈴は椅子から立ち上がり勢いよく頭を下げる。

「なぜ危ないと分かっているくせに一人で処分しようとした。俺が間に合わなかったら黒猿獣に乗っ取られていたかもしれないんだぞ」

「ごもっともです！」

明鈴は更に深く頭を下げる。

「もういい、仕置き決定だ」

大牙の怒りを押し殺したような声に思わず顔を上げる。

「仕置き……？」

「あぁ、そういう約束だろ。お前は相談すべきことをしなかったんだからな」

大牙が一歩踏み込んできた。重苦しい気配に明鈴は無言で後ずさりする。

「逃げるな。今回ばかりはすべてお前に非がある」

「なにを、するおつもりですか」

明鈴は無意識に胸もとで両手を握りしめた。

「次にやったら問答無用で嚙みつくと言ったはずだ」

あくどく笑った大牙が怖すぎる。お願いだから牙を見せないで。

明鈴はじりじりと下がり、仕舞いには部屋の隅まで来てしまった。

「も、申し訳ありませんでした。本当に反省していますから。あの、その、今回は見逃していただけないでしょうか」

「嫌だ」

ドンッと明鈴の顔の横に大牙が肘をついた。

これ前世でいう壁ドンってやつだけど、手のひらじゃなく腕を曲げて肘をついてるからめちゃくちゃ近い！　もうこれちょっとでも動いたら鼻同士が触れてしまいそうだ。明鈴は思わず息を止める。鼻息あたったら恥ずかしいし。

でもすぐに苦しくなってきて、じわっと涙がにじむ。

「逃げることは許さない。お前は俺のものだろ、俺に守られていればいいんだ」

大牙の熱い手が明鈴の頬を撫でてゆっくりと首筋をたどっていく。どくどくと心臓の音が鳴り響き自然と呼吸も速くなる。

ヤンデレ監禁の片鱗がここぞとばかりに表れている。やはり人格はゲームから引き継がれているのだ、そう簡単に変わる訳がない。

このまま怒りにまかせて噛まれるのか。痛いのも嫌だし、そもそもどこを噛むつもりなのだ。今触った首か？　そこは生き物の急所だぞ。さすが虎だな、などと恐怖のあまり明後日な方向の焦りばかり浮かんでくる。

「どうして私ばっかりこんな目に…………桃仙の乙女がいるのだから、もう私なんて構わなくていいはずでしょう」

思わず震える声でこぼしていた。桃仙の乙女をシナリオ通りにさっさと溺愛してくれればいいのに。どうして自分などにこだわってくるのだ。意味が分からない。

「は？」

地獄の底から聞こえたかと思うほど低い声だった。声にビクッとしたけれど、言ってしまった言葉は戻らない。ならば言いたいことを言ってしまえと腹をくって口を開いた。

「大牙皇子には桃仙の乙女が必要です。私ではなく小華こそが正妃にはふさわし――」

「ふざけるな！」

明鈴の言葉を遮るように大牙が吠えた。

「俺はもうお前を正妃に選んだ。桃仙の乙女など必要ない、お前がいればそれでいい」

大牙のギラついた瞳に圧倒され、とっさに言葉が出てこない。

「太師達も桃仙の乙女を正妃にすげ替えろとうるさいのに、お前までもが桃仙の乙女の名を出すのか」

大牙がうんざりだとばかりに舌打ちをする。

「で、ですが、桃仙の乙女は神通力を使う御方には必要な存在です。必ず大牙皇子の助けになります。私などよりもよっぽど支えることができます」

「黙れ！」

ガンッと大牙の拳が壁に打ちこまれた。その風圧を頬で感じた明鈴はごくりと息をのむ。

「俺は桃仙の乙女を恨んでいる。今さらだ……そう、今さら現れても遅いんだよ」

大牙はうつむいていて表情は見えない。けれど、こぼれた声がとても苦しそうだった。

しばらく沈黙がつづいたが、大牙がため息をつくと顔を上げた。まるで迷子の子猫のような、すべてに見捨てられたかのような悲しげな顔。見たこともない表情に明鈴は胸が苦しくなる。間違ったことを言ったつもりはないけれど、大牙にとっての地雷を踏んだのだと思った。

「あ、あの、申し訳ございません」

明鈴は言いすぎてしまったのだと頭を下げた。大牙に分かって欲しかっただけで、誓って大牙を傷つけるつもりなどなかったのに。

「謝罪か。でも、今のがお前の本心なのだろう？」

大牙は視線を床に落とした。

「そ、それは……」

確かに本心だっただけに、明鈴も視線をそらすように床を見てしまう。お互いの視線が床に沈没した状態で時間が過ぎる。静かすぎて自分の鼓動の音がうるさいくらいだ。

沈黙を破ったのは大牙の苦々しい声だった。

「桃仙の乙女を恨むのは筋違いだと、理不尽な憤りをぶつけてはいけないと感情を押し隠してきたというのに。そんな相手を側に……妃として愛せというのか。どんな嫌がらせだ」

大牙は前髪をくしゃっとつかみ、まるで傷付いている顔を見られたくないとばかりに俯いてしまった。

こんな表情の大牙は初めて見る。どうしよう。自分のせいなのかと思うと、申し訳なくて胸がぎゅっと絞られるように痛い。

「もういい、分かった。お前までもがそれを望むというなら」

何か言おうと思うも、伝えるべき言葉が見つからない。このままではいけないと思うのに、焦るばかりで口は動いてくれない。

「戻る。お前ももう寝ろ」

そう言い捨てて、大牙は部屋を出て行ってしまった。

大牙はもう明鈴の目を見てくれなかった。なぜかそれが驚くほど寂しいと感じた。自分など見てくれなくてもいいと思っていたくせに、どうしてショックを受けているのか。自分の心がよく分からなかった。

大牙の背を見送った後、壁に背を預けてずるずると座り込む。力が抜けたといった方がいいかもしれない。

あんなに苦しそうな大牙は初めて見たし、桃仙の乙女を恨んでいるとも言っていた。確かにゲームでは桃仙の乙女を恨んでいるところからシナリオは始まっていたが、今世では嫌っている様子は見受けられなかった。小華に興味がないだけなのだろうと思っていた。

でも、それは間違いだった。態度に出していないだけで、桃仙の乙女に対する複雑な思いはちゃんとあったのだ。

「そりゃ当然か……」

自分自身に呆れながら、窓の外に浮かぶ月を見あげる。

ゲームの中で大牙は神通力の暴走を起こして黒獣堕ちをした皇帝、つまり自分の父親を殺している。黒獣堕ちしてしまうともう元には戻れないからだ。理性を失い暴走する黒獣に立ち向かえるのは強い神通力をもつ大牙しかおらず、王族の責務だとしてためらうことなく父親を殺した。つまり、桃仙の乙女があと少し早く見つかっていれば、父親をその手で殺さずに済んだということでもある。

明鈴が対峙している大牙も、公にはなっていないが皇帝であった父を殺しているはずだ。殺すという設定だから、そう進むシナリオだからと、そのことに対しては深く考えたことがなかった。だから今、ちゃんと向き合って考えなければ。

「ためらいなく行動したからといって、ためらう心が無いわけじゃない」

大牙の行動だけを見たら冷徹で怖い人物だろう。けれど、態度に見せていないだけで心からは血を流しているのだ。あの苦しそうな声が明鈴の耳にこびりついている。自分の浅はかさ加減が悔しくてぎゅっと歯を食いしばった。

「こんな当たり前のことに今頃気がつくなんて……」

親でさえも平気で殺してしまう大牙が怖かった。でも平気だったはずがないのだ。黒猿獣を倒したときの態度を見ていれば分かる。黒猿獣を見送る瞳は悼む色に満ちていた。簡単に処刑をしてしまう恐ろしい大牙から、自分を含めた大切な人達を救おうとばかり考えていた。でも加害者側だと思っていた大牙も悩み苦しんでいる。じゃあ目の前で苦しむ大牙は誰が救うのだろうか。

明鈴は初めてそのことに疑問を持ったのだった。

寝台に腰掛け、ぼうっと窓に切り取られた月を眺める。兎の縁者のせいか、昔から月を眺めると心が落ち着くのだ。だから悩むときは自然と月に視線が向いてしまう。

大牙のことを悶々と考えているうちに三日経っていた。その間、大牙の訪れは昼夜ともに一度も無い。そのため、彼がどんな気持ちで過ごしているのか知るすべが無かった。

「明鈴、来たよ。入ってもいいかい」

佑順の声がした。明鈴はもちろん、とすぐに返事をする。

そう、直接知るすべがないのならば、大牙の側にいる兄に聞くしかないと思って佑順を呼んだのだ。

扉を開けて入ってきた佑順は何かを抱きかかえていた。

「え、ランラン？」

何故か佑順がランランを連れてきたのだ。しかもランランは暴れることなく腕に収まっている。

「ええと、こいつが部屋の外にいたからさ。行き先一緒かなと思って連れてきた」

佑順はへらっと笑みを浮かべると、ランランを床に降ろした。ランランはそのまま明鈴に近寄ることもなく、佑順の足下で丸くなってしまった。

「ありがとう、連れてきてくれて。でも、引っ掻かれたりしなかった？」

前に佑順と出会ったときはあんなに威嚇していたのに。仲良くなっていて嬉しいはずなのに、自分にだけ懐いてくれているのだという優越感がなくなってちょっと悔しい。まさにジェラシーってやつだ。兄様よ、たぶらかすのは女性だけにしていただきたい。

「大丈夫だったよ。何かこいつしょぼくれてたから、引っ掻く気力もないのかも」

「え、ランラン大丈夫なの？」

明鈴は風のような素早さで近寄ると、丸くなっているランランをのぞき込む。しかし、ランランはこちらを見てはくれない。

自分の嫉妬心などどうでもいいし、そもそも佑順に懐いていたというより元気がないから暴れなかったのだ。ランランの体調不良を真っ先に考えないなんて、先ほどの自分勝手な思考を谷よりも深く反省した。

「ら、らんらん……どうしちゃったの。何か悪いものでも食べた？　それかどこか怪我してるの？　ね、ちょっとこっち来て体を見せて」

　そっと抱き上げようとするも、ランランはするりとかわして佑順の反対側に移動してまた丸くなってしまう。あまりのことに明鈴は蠟人形のように固まった。

「あー明鈴？　猫は気まぐれらしいしさ、ちょっと時間をおけば大丈夫だろ。それより、俺に何か話があるんだって？」

　佑順にたしなめられ、ランランが気になりつつも姿勢を正す。そして、佑順に椅子を勧めてお茶を用意し始めた。

　佑順にお茶を出すと、諦められずにランランの側に再び近寄る。しかし、またするっと明鈴から離れるように移動してしまった。ただ部屋から出て行くことはしないようなので、泣く泣く機嫌が直るのを待つことにする。

　気落ちしつつも大牙のことが気になるのも事実、気持ちを入れ替えて佑順に向かい合った。あくまでさらっと気にしてない風に聞くつもりだが、思いのほか緊張してしまう。

「ええとね、あの、最近、の、その、大牙皇子って、なんていうか、どんな感じ、なのかなって思って。いやその、ちょっとした興味っていうか、別にえっと、気になっているとか、そ、そんなわけじゃないけど」

「いやいや、めちゃくちゃ気になってんじゃん」

佑順はポカンとした表情を浮かべたかと思うと笑い始めた。

「笑わないでよ、兄様」

「ごめんって。で、なんでそんなこと聞くの？」

佑順がにやにやした表情のまま聞き返してくる。質問に質問返しとは意地悪だ。

「前より後宮に来なくなったから、どうしたのかなってちょっと思っただけ」

うん、嘘は言ってない。正しくは『大牙の地雷を踏み抜いてから後宮に来ないので気になっている』なのだが、それは大牙とてあまり知られたくないだろうと思うのだ。

「ふーん。そうだね、最近はちょっとピリピリしてるかも。あと、あれだけ眼中になかった桃仙の乙女にやっと意識がいったみたいだな。各国を招待して披露の宴を開くってさ」

大牙が小華を意識？　それは明鈴が先日大牙に望んだことだ。大牙が聞き入れて動いたということだろうか。それは喜ばしい……はず。でも、嬉しい気持ちより戸惑う気持ちの方が大きいのはどうして？

「披露の宴……そうなんだ。良いことなんだよね」

「まぁそうだな。寅国に桃仙の乙女がいるってまだ公になっているわけじゃないから、政治的にもお披露目は必要だろう。ただ太師達が宴開催を進言してもはぐらかしていたのに、急にやる気になったから何かきっかけがあったのかなぁって。明鈴は何か知ってる？」

佑順の視線がまっすぐに刺さる。きっと明鈴と何かあったのだと気付いているのだ。佑順の無言の圧は弱まることがなく、明鈴は諦めてため息をつく。

「……大牙皇子には、桃仙の乙女が必要ですと言いました」

視線をそらしながら白状した。

「やっぱりね。明鈴から言われたら、そりゃあんな風にもなるわな」

がしがしと頭を掻き、佑順もため息をつく。

佑順の口調からすると、明鈴の言葉がよほど大牙の様子に関わっているようではないか。自分ごときの言動で影響があるなんて信じられないと思う気持ちと、あの夜の様子から思えば納得してしまう気持ちと、両方がぐらぐらと揺れる。でも、どちらにも傾かなくて、結末を観客に丸投げする映画を見たときのような落ち着かない気分だ。

「明鈴には明鈴の気持ちや考えていることがあると思う。だからこれは強制じゃない、俺の個人的なお願いなんだけど……。大牙にだって同じように彼の感情があるんだ。それを忘れないでやって欲しい。皇子、いや次期皇帝としてではなく、虎大牙としての彼を見て欲しいんだ」

佑順が困ったような表情で笑った。仕方ないなって顔だ。佑順がどれだけ大牙を心配しているのかが伝わってくる。普段は飄々として、大牙を雑に扱ってさえいるように見えるのに。

明鈴があの夜から悔やんでもやもやしていることを、ずばっと言葉にして射貫かれた気がした。佑順はずっと大牙の側にいて『虎大牙』として彼を見ていたのだ。片や自分は今まで皇子の大牙としてしか見ていなかった挙げ句、大牙をきっと傷つけた。だから友人として一言物申したのだろう。妹に甘いから伝え方も激甘だけれど。

「うん。分かった兄様。私、怖がってばかりでちゃんと大牙皇子とお話もあまりしていなかったと思う。それは失礼だもの。これからは、怖くても怖がらないように頑張る」

「まぁ程ほどでいいからな。怖がらせてるあいつも悪いし」

――タン

部屋の隅で音がした。音の発生源はランランの尻尾だ。顔は丸くなった体に埋めるようにしているため見えないが、尻尾が床を叩いている。猫はイライラしているときにこういった行動をするが、ランランが今この行動をする意味とは何だろうと考える。

「そろそろ構えってことね！」

いそいそとランランに近寄る。しかしランランは明鈴を避けると佑順の方に歩いて行く。まさか佑順の方が良いのかと絶望しかけたが、ランランは佑順に向かってシャーッと威嚇した。

「おぉコワッ」

佑順が大げさに両手を上げると立ち上がった。

「俺そろそろ帰るわ。ま、我慢のしすぎは体にも良くないからな。素直に癒やされとけよ」

明鈴とランランを交互に見て、佑順は笑みを浮かべた。どこか含みのあるような笑みに明鈴は内心首を傾げる。癒やされようにもランランにはガン無視をくらっているのに。

「う、うん。ありがとう？」

疑問形の感謝に佑順は今度こそ含みのない笑みを浮かべ、明鈴の頭をひと撫でして帰って行った。

——タタン
物音に反応するように顔を向ける。そこには居場所を決めかねているように部屋の中をうろうろしているランランの姿があった。ちなみに前回佑順と初遭遇したときから今日まで姿を見せていなかったので、かれこれ十日ぶりくらいだろうか。こんなに長いこと来なかったのは初めてだ。

「待ってたのよ」

明鈴は手を広げる。でもランランはツンデレだから、もっと近寄って呼び込まない限り自ら飛び込んでくることはない……はずなのだが今は違った。ランランの方から近寄ってきて明鈴の手に顔を擦り付けてきたのだ。さっきまでのご機嫌斜めはどこに行った？気まぐれにも程がある！

「はぅわ！かわゅ」

明鈴の言語機能が底辺に落ちた。

ランランが抱っこをせがむように前脚でとんとん明鈴の腕をたたく。

「きゃん、かわゅ！」

どうしたというのだ、この急激な出血大サービスなランランのデレは。だが理由なんて知ったことか。この可愛いデレを堪能しないなんてもったいないことはしない！

明鈴は抱き上げてランランを撫でまくる。ランランも明鈴に体をすり寄せてくる。

もふもふ、もふもふもふ、もふもふもふもふ――いつもであれば猫パンチが飛んでくる頃合いになってもランランは嫌がらない。

これはお腹も触らせてくれるのではないか。調子に乗った明鈴がランランを転がそうとした瞬間、猫パンチが飛んできたが。

「痛い……でも猫パンチもかわゅ」

猫が与えてくれるものは痛みであってもご褒美だ。

「ごめんごめん。お腹は嫌だったねぇ」

ご機嫌を取るようにランランの好きな耳裏をやさしく掻いてやると、ゴロゴロと喉を鳴らし始めた。どうやら許してくれたらしい。

「ん？　なんだか全体的に黒っぽくなったような……」

ランランの灰色と黒の牛柄はもっとはっきり見えていたような気もする。汚れているのだろうか。手触りは埃っぽくないし、いつものように毛並みもサラサラしているけれど。

「そうだ、一緒に湯浴みする？」

言った瞬間、ランランが飛び退いた。再び部屋の中を所在なげにぐるぐると徘徊し始める。え、その反応悲しいんですけど。前も洗おうとしたら嫌がられたから、よほど水が嫌いなのかもしれない。

「ごめんごめん。湯浴みはしないから機嫌直して、こっちにおいで」

膝を床につきランランを待ち構える。しばらく迷っていたようだが無事に明鈴の腕の中に戻ってきてくれた。

再びランランを堪能すると、膝の上にのせたまま月を見上げた。

「ねぇランラン。大牙皇子は苦しそうだったよ」

自分のせいなんておこがましいと思う。だけど、明鈴のせいだからこそ佑順がわざわざ個人的なお願いとして伝えてきたのだ。謝って丸くおさまるならそうしたいけれど、これはそういう問題じゃない気がした。機嫌取りで謝ったところで、根本は何も変わらないのだから。

ランランはもう寝ようとしているのか、ゆっくりと尻尾を揺らしただけだった。

「私に何か出来ることはあるのかな」

明鈴の消え入りそうなつぶやきは、月の光に吸い込まれていく。

明鈴は卯国王族を親戚に持つが遠縁すぎて神通力は使えない。だから大牙の気持ちを全部理解することは出来ないだろう。でも、もっと大牙のことを知らなければすべきことが分からない。そう思って、翌日から城内の書庫にこもるようになった。

紅希は不思議そうにしていたけれど、先日のことで黒獣について興味が出たのだと言ったら特にそれ以上追及してくることは無かった。それどころか一緒に書庫に来て調べ物を手伝ってくれ……ることもあったが、すぐに飽きたのか今は異国の長編冒険物語を夢中になって読んでいる。あいかわらず自由気ままだ。

「神通力って得るものは大きいけれど代償も大きいわよね。前から思ってはいたけれど」

明鈴は頁をめくりながらつぶやく。

神通力が使えるといっても、加護の影響が強い場合と弱い場合がある。弱い場合は神通力も弱く、下手をすると神事を行えないことも起こりうる。だから一般的には神通力が強いものが皇帝になるのが良いとされる。だが神獣の力が人外の強さなだけに、それを受け取る王族の魂は神通力を使えば使うほど疲弊してしまう。疲弊すると神通力の制御がままならなくなり暴走へとつながり、完全に人としての魂が疲弊し尽くし壊れてしまうと、自我をなくした黒獣と化す。

「国のために神通力を使って、挙げ句に身を滅ぼす……酷い話よね」

明鈴は黒獣堕ちについて調べたが、これといって追加の情報は得られなかった。やはり黒獣堕ちしたら元に戻る手立てはないのだ。

自分だったら怖くて神通力などいらないと思ってしまいそうだが、どの国の王族も民のために神事を行い立派に責務を果たしている。だからこそ誰もが桃仙の乙女を欲するのだ。

桃仙の乙女が伝説レベルでなくもっと頻繁にたくさん現れればいいのにと、ゲームの根幹を揺るがすようなことを思う。でも実際には五百年に一人しか現れないのだ。だから神通力の暴走を起こし、黒獣堕ちしてしまう王族が出てしまう。

前世の記憶の中に何かヒントになるようなことを見落としていないだろうか。明鈴は本を閉じると、頭の情報を整理しようと目を瞑る。

一つだけ思い浮かんだことがあった。全ルート攻略後に開放されて読めるようになるアフターストーリーが十二皇子分あるのだ。残念ながら前世の明鈴は三人の皇子の分しか読めずに死んでしまったのだが、その中に黒獣堕ちしたものの人間に戻れたシナリオがあった。皇子と魂の番となり黒獣堕ちから助けるのだ。だが、それは大牙のものではない。

「せめて大牙ルートのアフターストーリー読んでたら良かったのに」

そう思うものの、前世の明鈴は大牙のアフターストーリーには全然興味が無かった。下手をしたら読まずに終えていたかもしれない。

まあ読んでないものは仕方ない。今出来ることを考えようと頭を切り替える。

神獣の加護の強さに、神通力の使用頻度や体質、精神面の悪化などが絡み合い、これらの要因がそろうと神通力は暴走しやすくなっていく。今の大牙はすべての要因がそろっていると言えるが、加護の強さも使用頻度も体質も変えられない。

「今出来ることは精神面の安定だけか」

ため息がこぼれてしまう。

その精神面を思い切り傷つけ、あんな表情をさせたのは明鈴だ。大牙にとって明鈴も小華も同じように心を傷つけるのならば、少なくとも神通力の暴走を止められる小華が隣にいる方が良いのではないか。

だとすれば、大牙が小華のお披露目の宴を開くのは良い方へ向かっているのだろう。宴を通して二人の仲が深まれば万々歳ではないか。

でも何故だろう、少し胸がもやっとした。佑順から宴の話を聞いたときに感じた落ち着かない気分が蘇る。力になれないことが悔しいからだろうか。うん、きっとそうだと思い込むことにした。それ以上考えると、戻れない何かにたどり着いてしまいそうだったから。

第四章

牡丹に唐獅子、桃に虎

『桃仙の乙女が現れ、寅国が迎え入れた。お披露目を行うので是非来訪願いたい』という旨が各国に伝えられた。噂ではもう広がっていただろうが、ついに桃仙の乙女の存在が他国にも正式に明らかになったのだ。

桃仙の乙女を手に入れるということは、他の国より優位に立つことを意味する。つまり十二の国の盟主という位置づけになる為、大々的に披露する必要があり各国の王族を招いた宴が催されることとなったのだ。

城内は後宮も含めて宴の準備で慌ただしい。次期皇帝である大牙はもちろん、小華も桃仙の乙女として欠かすことの出来ない存在なので忙しくしている。それはいいのだ。

問題なのは太師達が小華を正妃にと願っているのもあって、明鈴に対する扱いが空気同然なことだ。明鈴は正妃であるのにもかかわらず、宴の端っこに黙って座っているだけになりそうだった。本来であれば正妃として各国の王族を大牙と共に迎え入れもてなすのが仕事なのだが、婚姻の儀をまだ行っていないからという理由でやらなくていいと太師達に言われてしまった。おそらく小華を正妃にすげ替えたいので、なるべく明鈴の印象を残したくないのだろう。大牙とも呪茶器事件の夜から話しておらず、二人の関係は改善されないまま。そのため当然、明鈴に対して何か言ってくることもなかった。

もちろん、各国の王族をもてなすなど大変な仕事をやらなくていいのは嬉しい。下手に失敗したら怖いのでほっとしてしまうのも事実だ。でも、なんだか釈然としない。このもやもやが何なのか明鈴にはよく分からなかった。


後宮内の中庭には練習用の舞台が作られている。そこで毎日小華が神獣に奉納する舞の練習を行っていた。今は練習着なので生成り色の質素な衣装だが、本番用には小華に合わせた華やかな衣装を用意させている。以前の茶会のようなことがあると怖いので、明鈴がしっかり確認しているのだ。

「明鈴様、いらっしゃっていたのですね。どうでしたか？」

一通り舞い終えた小華が舞台から降りてこちらにかけてくる。あぁさすがヒロイン、はち切れんばかりの輝かしい笑顔だ。

「途中からしか見ていないけれど、とても素敵だったわ」

額に汗をかいている小華に手巾を渡す。

「明鈴は評価が甘すぎよ。小華、もっとめりはりがあった方が映えるわ。素早く動くところはもっと速く、しなやかなところはもっと優雅に」

紅希がさらっと披露した舞の動きに、明鈴と小華は見惚れてしまう。紅希が舞も習得しているとは驚きだ。まったくもって紅希に足りぬのは協調性だけだろう。

「紅希は本当に私の侍女にはもったいない」

思わず本音がぽろりとこぼれてしまった。

「止めてよ、私にとって明鈴の侍女という立場は天職なのよ？」

紅希が詰め寄ってくるので、慌てて手を振ってなだめる。

「どうこうしようって話じゃないので落ち着いてください。そ、それより紅希、呼ばれているみたいですよ。あそこにいるの、よく如太師からの言伝を持ってくる方では？」

視線の先にはお辞儀をする宦官がいた。紅希は面白くなさそうに口をとがらせると、少し席を外すわねと言って宦官の方へ向かっていく。

「はぁ、何とか逃れたわ」

「明鈴様と紅希様は本当に仲がよろしいので羨ましいです」

「小華とだって仲良くしているつもりだけど？」

時間が合えばいつもお茶をしながらいろんな話をしているのだ。明鈴としては小華とも友達のつもりだったのだが、小華的にはどうなのだろうか。

「明鈴様、なんて嬉しいお言葉！　ありがとうございます。明鈴様がいるから私、舞の稽古も頑張ってみようって思えるんですよ」

「私？　紅希の方がよっぽど小華の為になることを教えられていると思うわ」

「そうではなくて何と言いますか、明鈴様ってしがらみに囚われない方だなと思っていて。女官でも蔑ろにせず、誰にでも平等に接するところを尊敬しているんです」

「そ、そんなことないと思うけれど」

美化させすぎだと内心焦る。明鈴の身分が女官と同じくらいなのだから、自然とそうっているにすぎないだけだ。そもそも他人に対して偉そうにするのは恥ずかしいし。

「そんなことあるんです！　桃仙の乙女だと言われて後宮に入れられて、あれしろこれしろって……今まで街で買い食いしながら歩いていたような私が何でこんなことしなきゃいけないのって、実はやさぐれていたんですよ。でも、明鈴様みたいな方が正妃としてこの後宮にいて、私にも気を配ってくれるのが嬉しくて。だから、明鈴様に誇れるような舞を奉納したいって思うんです」

あぁさすがヒロイン、もうこの言葉に尽きる。なんて純粋で可愛いのだろうか。自分こそその信頼に応えなくてはと思わせてくれる。こうやってゲームの大牙も心をくすぐられ……あれ、これ自分がくすぐられてていいの？　と明鈴は首を傾げる。

シナリオにこんなシーンはなかったはずだから、あまり心配しなくてもいいかもしれないけれど。でもシナリオは少しずつ形を変えてたりするから不安は拭いきれない。

ただ、こんなに一生懸命な小華を見たら、大牙だってきっと胸打たれるはず。だってヒロインなんだもの。そう思い込むことで不安になる心をねじ伏せるのだった。

宴の前日にもなると、各国の王族が次々と城に到着する。小華はお披露目前なので出迎えるのは大牙だけだったが。

明鈴はというと、正妃としてはやることがないので妃候補達や女官に交じって来賓のもてなしをしていた。紅希にはやめろといわれたが、紅希も含めみんなが忙しくしているのに一人だけ何もしないでいるのもつらいのだといえば、しぶしぶ納得してくれた。

新たに到着した一行があると聞き、明鈴はお茶の用意をしはじめる。すると足下にドスンと何かがぶつかってくるではないか。もぞもぞと明鈴の衣の裾で動く物体を持ちあげると、それは茶色の子犬だった。

「まぁ可愛い」

思わず明鈴がいうと、子犬がペロッと頬をなめてきた。

「ふふ、人懐っこいのね」

抱きかかえて頭を撫でると、くうーんと鳴きながら明鈴の胸元に顔を埋める。

明鈴は猫派だが、別に犬が嫌いなわけではない。子犬の可愛らしさに明鈴の頬も緩む。

「こら！　勝手にいなくなったら駄目だろう」

明鈴の懐から子犬がひょいとつまみあげられた。子犬をつかんだ人物を見上げると、そこには前世で何度もスチルを拝んだ戎国の皇子がいるではないか。

明鈴はハッと気付く。ということは、今抱きかかえていたのはショタ萌えの権化である戎国皇子の弟ではないだろうか。

『ごめんなさーい』

愛らしい声が響いたかと思うと、ポンッと手品のように子犬から人間の姿になった。補足すると衣服はちゃんと着ている。そこはゲームというフィクションの世界、衣服は変化前のものを着用しているという設定だったから、今もそうなのだろう。

「まったく普段はもっと大きいくせに、わざわざ小さく変化するとか手が込んでる……」

戎国皇子がやれやれと米嚙みを押さえながらため息をついている。

そうそう、この兄弟は手のかかる弟と振り回されつつも面倒見の良い兄という素晴らしいバランス関係なのだ。弟は構ってちゃんだけれどそれが可愛い。兄は苦労性なところが放っておけない。ぶっちゃけ前世の明鈴がお気に入りだった皇子達である。

まさかご対面出来るとは思っていなかったので、頭の中は歓喜でいっぱいだ。だが、大人しくしていることを求められている明鈴は慌てて頭を下げる。

「失礼いたしました。戎国の皇子殿下とは知らず、手を触れてしまい申し訳ございません」

「いえ、謝る必要はありませんよ。こいつが勝手に引っ付きにいったんで」

兄皇子が弟皇子の頭をコツンとするが、弟皇子はまったく気にしていない。

「そうだお姉さん、変わった匂いがしてて面白いね」

変わった匂い？　特殊な香をたきしめているわけでもないのだが、と明鈴は首を傾げる。

「はは、ご自分じゃ分からないでしょうね。あなたからは今弟に抱きつかれたから犬の匂いと、あと兎と虎の匂いもする」

犬は鼻が利くんですよと兄皇子は笑った。

「お姉さん、兎なのにどうして虎の匂いがするの？」

弟皇子はふんふんと鼻を鳴らしている。

「ええと、おそらく後宮で暮らしているからかと」

「暮らしているだけでこんなに虎の匂いがするかなぁ」

弟皇子の疑問に反応するように、兄皇子がハッとした表情で背筋を伸ばした。

「寅国皇子のご寵愛を受けているということは正妃様なのですね。弟のしでかしたこと失礼いたしました」

逆に頭を下げられて戸惑ってしまう。それに言われた内容も意味不明である。

「寵愛？　え、いえ、そのようなことは」

「噂では、正妃一人をそれはそれは寵愛していると」

噂に尾ひれがつきすぎている。確かに正妃一人しか置いていないけれど、それと寵愛は別問題だ。大牙は明鈴がちょうど良かったから選んだのであって、好きだから選んだ訳ではないのだから。しかも今はギクシャクしているときた。だが、自国の後宮事情など軽々しく説明するものでもないだろう。明鈴は笑ってごまかすにとどめた。

戌国皇子達が手をつないで戻っていく。弟皇子が振り向いて手を振ってくれた。明鈴はその可愛さに内心悶えながら手を小さく振り返すのだった。


各国の王族達がすべて到着し、ついに明日は宴の日だ。明鈴は普通にこき使われていた。ゲームの宴イベントの知識と前世の社会人スキルがここで活きすぎてしまったようだ。頼めばやっといてくれると思われたようで、皆最初は遠慮がちだったくせにあれもこれもと頼んでくる。周りも忙しいのだと思うと断れず、すべてを引き受けてしまいもうくたくただった。これでは前世の社畜時代と変わらないではないか。

すぐにも眠ってしまいたかったが明鈴は必死で目をこじ開ける。何故かというと、ここのところ毎夜ランランが来てくれるからだ。しかもランランのデレ期は続いており、向こうから近寄ってきてくれるというボーナス付き。尻尾を腕にくるんとされたときは萌えで叫びそうになったくらいだ。

疲れていてもランランをもふれば疲れは吹っ飛び明日も頑張れる。そう思うとランランをもふるまでは寝られない。

——カタン

来たと思い、音に振り向くとランランはいなかった。

代わりにいたのは大牙だった。二人きりで会うのはあの夜以来なだけに緊張が走る。

あの夜、明鈴の言葉に悲しげな表情になった大牙。明鈴の目を見ることなく去って行った大牙が、会いに来て明鈴をまっすぐに見てくる。そのことに胸がじんと熱くなったのは一瞬で、すぐに戸惑う気持ちが暴れ出す。ずっと会いに来なかったから明鈴に対して呆れていたのではないか、怒って見切りを付けたのではないか。そう思うのに今夜どうして現れたのだろうか。いろんなことが頭の中でぐるぐると回る。

しかし、少し時間が経つと別の感情が生まれる。そう、お互い無言で見つめあっているけど、これはいつまで続くのだろうかと。気まずくて仕方ないが、このまま二人して突っ立っているのも苦行なので勇気を出して口を開いた。

「お、お久しぶり、でございましゅ……」

噛んだ！　よりにもよってこんな重めな雰囲気のときに噛んでしまった！

死ぬほど恥ずかしい。顔が熱くて湯気が出そうだ。

恐る恐る大牙を見上げる。すると、顔をそらして口元を押さえているが肩が小刻みに揺れている。これ笑ってるな、と明鈴は思った。

怪我の功名ではないが、噛んだおかげで重苦しい空気が少し和らいだ。

「悪い、いきなり噛むから」

大牙はそう言いながらもまだ肩が少し揺れている。どうやら怒ってはいないようだし、話をする意志もあるようなのでほっとした。

「明日は大事な宴の日ですよ。早くお休みになった方がよいのでは」

笑われたことに少しふてくされつつ大牙に椅子を勧める。だが、大牙は座ることなく明鈴の目の前に立った。

「神獣の加護を受けている者は得てして動物並みに鼻が利く」

「は、はい」

確かに昼間に会った戌国皇子も鼻がいいのだと言っていた。

「犬の匂いが微かにする」

「分かるのですか？」

寝る前に湯浴みもしたのに、それでも分かるなんてすごい嗅覚だ。

「俺は虎だからな。一つ言っておく。周りがお前をどう扱おうと、お前は俺の正妃だ。他の動物の匂いは簡単に付けるな」

大牙はそう言うと、明鈴を抱きしめてきた。

大牙の言葉だけを聞くと偉そうだし明鈴に命令をしているだけにも思える。でも、これは違うのだと分かる。だって抱きしめてくる大牙の手が優しいから。

明鈴は大牙の腕の中から動けなかった。嫌なら逃げ出せる程度の束縛なのに、どうしてなのか分からない。

背中に回った手は、壊れ物を扱うかのようにそっと明鈴に触れている。大牙がこんな風に接してきたことは初めてだ。いつも明鈴が大牙の機嫌を損ねて手をつかまれたり追い詰められたり。そんなことばっかりだった。

どうしよう。こんな乙女ゲームみたいな展開、実際に自分の身に起きるなんて思ってもいなかった。ドキドキしすぎて頭が付いていかない。

大牙が明鈴の首筋に鼻を寄せてきた。その仕草が何故かランランと重なり小さく笑う。怖いはずなのに今はなんだか可愛く思えてしまった。

「明日の宴の最中、俺はお前の側にいられないから」

だからどうしたのだろう？　明鈴は蚊帳の外なのだから当然のことだ。

「分からないって顔してるな。まあいい、今日の分も終わったし」

大牙は満足そうに微笑むと、明鈴を解放した。

仕上げとばかりに明鈴の髪を一房掬いとると、口づけを落としてくる。あまりの洗練された仕草に、ひゃっと思わず変な声が出てしまった。

まるでスチルのような光景だ、驚きすぎてそんな感想を抱いていた。

大牙は居座ることはなく戻っていった。ほっとするよりも何が起こったのだという疑問の方が大きい。

「抱きしめられたぁ！」

思い返せば返すほど恥ずかしくなってきて、勢いよく寝台に飛び込んで上掛けを被った。

蓑虫のようにくるまり混乱に叫びだしそうな心を静めようと頑張る。

抱きしめられたのはこれが初めてではないのに、今までと全然違った。力加減とかそういうものもあるかもしれないけど、きっとそれだけじゃない。上手く言葉に出来ないけれど違うのだ。

大牙も、そして明鈴も。何かが変わり始めている。

「黒獣堕ちなんてさせたくないなぁ」

上掛けから這い出しつぶやいた。

窓の外には三日月が浮かんでいる。月が綺麗だなと思った。そして、前世の記憶にある某文豪が思い浮かび、ぶんぶんと首を振る。関係の無いことを考えている場合では無い。

大牙は神通力の暴走の兆しが出ている。このまま行くと大牙は皇帝になって神事で神通力を使い続けることになり、暴走する危険性は増すばかり。神通力の暴走を止めるためにはやはり桃仙の乙女である小華が必要なのだ。

でも大牙は小華を快く思っていない。むしろゲーム同様に父殺しのことを連想してしまい苦しそうだった。一緒にいて苦しい相手と結ばれるのが果たして良いことなのだろうか。

トゥルーエンドのシナリオにたどり着くことが最善なのか分からず、明鈴はうなだれる。

太師達は明鈴を邪魔だと思っているから、明鈴が正妃を譲りたいと相談すれば、喜び勇んで小華に譲るよう画策するだろう。だが強制的に小華を正妃に据えたとしよう。大牙は黒獣堕ちはせずとも、心が傷付いたままで血を流し続けてしまうのではないだろうか。それでは意味がない。

「やっぱり大牙と小華がちゃんと歩み寄って、心から結ばれることが最善なのよ」

明鈴は自分が助かりたい一心で大牙と接してきて、それが巡り巡って大牙の黒獣堕ちを防ぐことにつながればと考えていた。でも今はちょっと違う。大牙を黒獣堕ちから助けたいと思うのだ。そうすれば結果的に自分も助かることにつながるのだと。だから、自分の胸に定期的に湧いてくるもやもやとした思いなど、気にしている場合ではないのだ。

眠れぬ夜が明けると、宴日和の晴天に恵まれた。神獣の加護を受けた王族達が一堂に会しているせいか、どことなく空気がざわついている。
明鈴は一晩掛けて今後の作戦を練っていた。いろいろ迷うところはあるけれど、やはり黒獣堕ちを回避するためには小華の存在は不可欠だ。そして、ゲームのシナリオだとこの

宴で隣国の皇子が桃仙の乙女に接近してくる。ここで桃仙の乙女が隣国皇子に心が揺れると大牙はバッドエンドまっしぐらなので、小華への接近は絶対にさせてはならない。

「隣国……卯国の兎璃白皇子か。そういえば今の私って親戚になるのね」

明鈴はゲームだとモブキャラなので、そのあたりは深く掘り下げられてはいなかったけれど。どうにかミーハーな親戚のノリで璃白の妨害をしてみようと作戦を立てる。

城内の大広場には国ごとに流麗な模様をあしらった絨毯が敷かれ、その上で来賓の王族達はくつろいだ表情で女官達のもてなしを受けている。目にも楽しい料理を順番に、粗相のないように、また毒味なども事前に行って提供するとなると大変だ。あの紅希でさえも女官の一人として忙しそうに動いている。

宴の進行はまず大牙が集ってくれたことの感謝を述べ小華をお披露目し、それを受けて大牙と小華は各国の王族からの挨拶を受ける。十一国分の挨拶が終わったらしばし歓談の時間だ。そして最後は大牙と小華による双舞を神獣に奉納するという流れになっている。

ゲームではこのフリータイムのような歓談の時間に璃白が小華に接近してくるのだ。

宴が始まり小華の登場時は大いに沸いたが、今は各国皇子達が淡々と挨拶をしていた。明鈴にしてみれば前世でやりこんでいた乙女ゲームの攻略対象達ばかりなので、熱い思いが胸によぎったりはする。けれど興奮を押し込めて、寅国王族の末席にぽつんと座っているのだった。正直、少し退屈である。

そして、運命の歓談の時間がやってきた。適当に参加者に挨拶しつつ目では璃白を追っていると、ついに彼が立ち上がった。彼の視線の先には小華がいる。大牙は少し離れた場所で戌国皇子達と話していた。

「ゲームでもヒロインが一人になった瞬間を狙って声をかけてくるのよね。よし行くぞ」

さっそく邪魔をすべく、小華の元へと急ぐのだった。

璃白がまさに小華に声をかけようとタイミングを計っていた。明鈴はためらうことなく璃白の背後から小華に向かって手を振り声をかける。

「小華！　立派な挨拶だったわよ」

明鈴の姿に気付いた小華は、花が咲いたような愛らしい笑みを浮かべた。さすがヒロイン、背後に光のエフェクトがかかっているようにすら見える。

「明鈴様、ありがとうございます。少しつっかえてしまいましたが」

璃白の横を素通りし、明鈴は小華の手を取った。

「大丈夫よ。かえって一生懸命さが伝わって良かったと思うわ」

「本当ですか。うれしいです」

明鈴の視界の端に璃白がちらちらと入ってくる。楽しそうにしゃべっているので、割って入るに入れないのだろう。ふふ、いい調子だと思ったときだった。

「失礼、桃仙の乙女に是非ご挨拶を」

問答無用で璃白が割って入ってきたのだ。

なんて空気の読めない奴なんだと思いつつ、明鈴は笑みを貼り付ける。

「明鈴様……」

小華が困ったように眉を寄せた。小華としてはずっと気を張っていたから明鈴が来て安心していたのに、また新たに人がやってきたので戸惑っているのだろう。

小華の手をぽんぽんっと軽くたたき、大丈夫だと伝える。小華としゃべらせたくないのもあるが、疲れている小華の負担を少しでも軽くしてあげたいと思った。だってまだ一番の大仕事である奉納の舞が残っているのだから。

「お初にお目にかかります。どちらの国の御方でしょうか？」

振り向いて小華の代わりに問いかける。見上げた先にいたのは、前世で何度もスチルを見返していた璃白だ。実は攻略対象の中で一番ビジュアルが好きだった皇子である。そのため明鈴は気をつけねばという心得を一瞬忘れ、思わず生の璃白に目が輝いてしまう。

いけないいけない、やるべきことを思い出せ自分！

「これはこれは、名乗りが遅れ申し訳ありません。わたしは卯国より参りました兎璃白と申します。どうぞお見知りおきを、桃仙の乙女よ」

小華に向かって名乗るので、明鈴はその視界に被るようにわざと移動する。こんな美青年の笑顔を見たら小華が惚れてしまうかもしれないからだ。実際に笑顔を食らった明鈴はドキドキが止まらない。小華には大牙とくっついてもらわねば困るので、これは極力見せぬように頑張らねばと鼻息荒く決意する。

「まぁ、卯国の御方でしたか。私は寅国第一皇子の正妃、季明鈴と申します」

「え、ああ、はい？　正妃様？」

璃白が大きく目を開いた。小華ではなく明鈴が自己紹介を始めたので戸惑ったのと、恐らく明鈴のことを侍女か何かだと思っていたら正妃だというので驚いたのだろう。

「私の祖母は卯国出身なのですよ」

「へぇ、卯国なんですか」

「そうなのです。兎の血が混じっているせいか、ほら、髪や目の色が卯国よりなんです」

「あぁ確かに」

「でも卯国には行ったことがないので、どんな国なのか興味があります」

「……なるほど」

小華としゃべらせないようにと、明鈴はせっせと璃白との会話をつなげる。すると、最初の方は小華と話したいのに話せないことに困惑していたようだが、途中から何か考え込んでしまった。

邪魔をしすぎただろうかと焦る。二人の接近を回避したいだけで、別に怒らせたいわけではないのだ。しかも宴の席で来賓を怒らせるなんて、叱責を受けても仕方がない。
だが璃白は小さく頷いた後、明鈴に向かって笑みを浮かべた。どうやら怒っていた訳ではなさそうで良かった。だが、その生ぬるい笑みに嫌な予感がした。

「好かれるのも困りものですね」

「え？」

「いいんですよ、恥ずかしがらずに。そうかそうか、美しいって罪ですねぇ」

璃白は納得したように頷きを繰り返し、臣下に呼ばれてしまったのでまたあとでと手を振って去っていった。

「明鈴様、なにやら誤解を与えてしまったように思うのですが」

小華が心配そうに寄ってきた。

「やはりそう思う？」

璃白が自分の美貌に絶対的な自信を持つ、思い込み激しい系皇子という設定だったのを思い出した。確かに飛び抜けて美しいのは認めるし、明鈴も前世からのファン心理のようなものでドキドキしてしまうが。でも、今は惑わされてなどいられない。

明鈴が好意を持っていると誤解したようだが、小華にちょっかいを出さなければそれでいいのだ。この調子でどんどん璃白の邪魔をしようと意気込む。

けれど、その光景を大牙がじっと見つめているとは思いもしなかったのだ。

その後も機を見ては璃白が小華に近寄ろうとするので、明鈴は小華の防御壁のごとく張り付いていた。他の国の皇子達は邪魔をする必要が無いので小華を交えて歓談するけれど、璃白に関してだけは小華にしゃべらせないように注意する。

「はぁ、やりきった……」

璃白との会話がとにかく骨が折れた。せっせと小華に話の流れが行かないようにするのは至難の業だった。もう今日はしゃべりたくない、と本気で思うほどに疲れた。

もうすぐ大牙と小華の舞が奉納される。これが終われば宴も終わりだ。

広場の真ん中に舞台が用意されている。儀式の際に用いる組み立て式の舞台だが、壇の壁面の彫刻は手が込んでおり、流麗な竹の文様の中に虎が雄々しく描かれていた。

大牙は山吹色に濃い錫色の糸で細かく刺繡が施されている袍をまとっている。帯は若草色だ。一方の小華は白を基調にした衣装で、桃の花の刺繡が襟元や裾や袖口にあしらわれており、帯は大牙と同じ色のものを締めていた。どちらもこの双舞のために仕立てられた衣装で、二人が寄り添うと調和が取れるように帯の色を同じにしたのだと分かる。

静かに舞が始まった。小華の持つ鈴の音がリンッと鳴る度に、ざわついていた空気が鎮まっていく。力強い大牙の舞に、小華の小鳥のように軽やかな舞が合わさる。まさに双舞にふさわしい。

「お似合いだ……」

思わず言葉がこぼれていた。

全然歩み寄っている気配がないと思っていた。でもこうして眺めてみると、二人はなんてお似合いなのだろうか。結ばれる運命のシナリオを持つ二人、寄り添う姿は当然しっくりくるに決まっている。

明鈴が余計なことをしなければ、この二人はもっと上手くいっていたのではないだろうか。または、明鈴が正妃という座に納まっているから歩み寄れないのではないだろうか。そんな不安がわきおこる。

舞が進み佳境に入る。すると小華の袖がなびく度に光の粒が散り始めた。僅かとはいえ兎の加護を持つ明鈴には、あれが桃仙の乙女の神通力だと分かった。小華の力が光の粒となって大気に溶けていく。そして、清浄な空気になっていくのを感じた。

「すごい、体が軽くなった。これが桃仙の乙女の力か」

「素晴らしい。この力が我が国にも欲しいものだ」

各国の王族達が驚きの声を上げ始めた。

どうやら桃仙の乙女の力で疲弊した魂が少し癒やされたのだろう。彼らの明るい表情を見れば分かる。半信半疑のところもあったのだろうが、視線に熱狂が混ざりだした。

すごいと思った。これが桃仙の乙女、小華の力だ。今まで頭では理解していても、体感する機会はなかった。でもこうして見せつけられると実感するしかない。小華は特別で選ばれし人であり、自分は普通のただの人なのだと。

素晴らしい舞が終わった。各国の王族達が立ち上がり、惜しみない拍手を送っている。

その様子を明鈴は後ろの方から呆然と見ていた。

大牙の隣にぴったりはまるのは明鈴ではない。そんなことは初めから知っているし、明鈴だって望んでいなかった。それなのにこの胸に去来する寂しさは何なのだろう。

「明鈴、どうしたの？　変な顔して」

女官として宴では働かざるを得なかった紅希が、やっと明鈴のところに戻って来られたと引っ付いてきた。

「変な顔してますかね」

「してる、何かあった？」

「……宴で疲れただけです」

なんとなく気まずくて、視線をそらしながら答える。けれど紅希が問答無用で明鈴の頬を両手で挟み顔を戻してきた。

「嘘つかない。ほら、白状なさい」

紅希の強い視線が突き刺さる。しばらく我慢するも根負けしてぽろっと白状した。

「なんていうか、その、お似合いの二人だなと思って」

「思って？　そんな浮かない顔してるの？」

「そう、なんでこんなにもやもやするのか……」

分からなくて胸の中がどうにも気持ち悪いのだ。

「そっか。明鈴はついに大牙皇子の妃になっちゃったのね」

紅希がため息交じりに言った。けれど『ついに』とはどういう意味なのだろうか。

「前から妃ですよ」

「ふふ、いいのよ。こういうのは自分で答えを出さないとね」

紅希が久しぶりに背中をバンッと叩いてきた。やっぱり地味に痛い。

「教えてくれないのですか？」

「うん、教えてあげないわ。せいぜい時間を掛けて悩んでね」

紅希はそれ以上、何も手がかりをくれなかった。

波乱の宴はこうして幕を閉じた。

胸のつかえは大きくなるばかり。それでも容赦なく物事は進んで行ってしまうのだ。

お披露目の宴のあと、各国の王族達は数日間逗留しお互いの交流を深めていた。隣国同士ならまだしも遠く離れた国同士は滅多に交流がないため、良い機会になっているようだ。明鈴と小華は各国の名産品を頂いたり、音楽を奏でてもらったり、踊りを披露してもらったりと後宮を出ることもしばしばだった。

今日は明鈴のみ戌国皇子達から招かれて、戌国の民芸品を見せてもらっていた。明鈴のみなのは、弟皇子が明鈴のことを妙に気に入ってくれて会いたいと駄々をこねたからだ。我が儘な弟皇子と面倒見の良い兄皇子の相変わらずなやりとりを見て、明鈴はほっこりとした気分に浸る。

今はその帰りで、弟皇子の可愛さを思い出しながらのんびり城内を歩いていた。

「紅希と正妃様ではありませんか。後宮へ戻られるところですかな」

声をかけてきたのは紅希の父である如太師だった。

「お父様、正妃様に向かって気軽に声なんかかけちゃ駄目よ」

紅希が不機嫌そうに如太師に向かって文句を言い始めた。珍しく明鈴のことを正妃様と呼んだことに違和感を持ちつつ、明鈴は紅希をたしなめる。如太師は後宮に入ってしまった紅希とはなかなか会えないのだし、嬉しくて声をかけたに違いないのだ。そんなに邪険にしては可哀想ではないか。

「紅希、私のことは良いですから」

「でも――」

「これは正妃様、温かいお言葉いたみいります。有難いついでに、少々紅希をお借りしてもよろしいですかな」

如太師が笑みを浮かべて紅希の言葉を切った。さすが父親、紅希の扱いには慣れているようだ。

「もちろんです。私は先に後宮へ戻りますので、ゆっくりとお話しください」

明鈴が一人で戻ろうとすると紅希は不満そうな表情を浮かべた。でも、たまには親孝行をするべきだと思いそのまま歩き始める。あとで紅希からは文句を言われるかもしれないなどと考えつつ、もう少しで後宮へ入るための回廊だという場所でふいに腕を引かれた。

「え、誰？」

身構える明鈴の前に現れたのは璃白だった。

「驚かせてすみません。ですが少々お話がありまして」

お茶目に片目をつむる璃白の姿に、あの場面が来たのだとピンと来た。

ゲームのシナリオだと悪役妃は璃白にヒロインを卯国に渡す手引きを持ちかけられるの

だ。呪茶器の黒猿獣に魂を蝕まれていた悪役妃は嬉々として協力してしまう。そしてヒロインを璃白に売ったことがバレたうえ、今までの嫌がらせも芋づる式に明らかになり処刑されるという流れだった。

処刑を回避するためにも、絶対にここは失敗出来ないと気を引き締める。

「璃白皇子、何か良からぬことをお考えでは？」

「あれ、意外と聡いのですね」

璃白がくすくすと上品に笑った。思い込みが激しいのはいただけないが、こういう綺麗な仕草は好ましいなと素直に思う。

「実は桃仙の乙女を我が妃にお迎えしたくて、その手伝いを頼みたいのです」

ゲームのシナリオ通りの内容だ。もちろん手伝いなどするわけがないけれど。

「何故です？　もう寅国が迎え入れたのですから、横取りなどはおやめください」

「おや、これはあなたにも得があると思うけれど」

「小華を渡すことに何の得が？」

明鈴はわざとらしく首を傾げる。

「今のあなたの立場は非常にもろいものだ。臣下達は正妃のあなたと桃仙の乙女を入れ替えたいと考えているでしょう？」

「小華がいなくなれば、私の正妃の座は守られるとおっしゃりたいのですね」

「その通り」

「でも、お断りします」

明鈴は笑顔で返す。

「即断だね。もうちょっと考えてみてくれてもいいのに」

「はっきり申し上げますが、このような危ないことはお止めになってください。下手をしたら国同士の争いに発展してしまいます。自国の民を危険にさらすおつもりですか？」

「そんなつもりはないさ。だけどね、僕は桃仙の乙女がどうしても欲しいんだ」

璃白には腹違いの弟がいるのだが、弟の方が兄である璃白よりも神通力が強い。そのため弟に対して強いコンプレックスを抱いて憎んでいる……と表向きは思われていたが、実際は逆で弟の神通力の暴走を心配していた。

璃白の力でも神事は行える。だから自分よりも黒獣堕ちの危険がある弟にやらせたくなかったのだ。そこで桃仙の乙女に目を付け、彼女を手に入れた自分だからこそ王になると言えば周りも納得すると考えゲームでは動いていた。

自分の美貌に酔いしれる言動で少々軽薄な印象を受けるが、実は弟想いだというギャップがたまらない。前世の明鈴もこの真相を知って涙したものだ。

卯国に明鈴は何も干渉していないので、璃白が今もこの考えで動いていることは間違いないだろう。ならば決定的な事件を引き起こす前に止めたい。この不器用な皇子には手ぶらで国に帰ってもらって、弟皇子と腹を割って話せば良い。兄貴ムーブメントによる変なプライドさえ捨てられればそれで解決だ。

「璃白皇子、あなたは桃仙の乙女がいなくとも立派に国を治める力をお持ちです。まわりにはきっと協力してくれる方々がいますよ」

璃白に国を巻き込んで争うつもりはなくとも大牙が同じとは限らない。ゲームのシナリオだと、ヒロインへの好感度が高まっていれば武力を持って奪い返しにいくし、低ければそのままヒロインは大牙から璃白に乗り換えた裏切り者として卯国もろとも滅ぼされるという。つまり卯国には破滅しかないのだ。

璃白を止めれば余計な争いは起きない。そう思えば説得にも力が入るというものだ。

明鈴の気迫が通じたのか、璃白が目を丸くして固まった。

「あー……これは困ったな」

「え、困る？」

「やきもちでしょう、それ。あなたの想いがこれほどとは。まったくモテすぎるのも困りものですね、本当に」

やれやれといった表情で肩をすくめる璃白。

「ち、ちがいます。そういう意味ではなく、危ないことは——」

「分かりました。あなたにこれほど想われているのなら協力してもらうのは無理ですし、あなたの協力がなければ桃仙の乙女と接触をもつことはほぼ不可能そうですからね」

璃白はお手上げとばかりに両肩を小さくすくめた。

「ええと、諦めていただけたのでしょうか」

「はい。ここは大人しく引き下がりますよ」

ものすごく誤解をされたままだけれど、諦めてくれたのならこれ以上何か言って心変わりされるのは得策ではないだろう。

「しかし、あなたも肝の据わった方だ。それだけ匂いを付けられているというのに……。ま、それだけ僕の魅力が溢れているということですね。いやぁ困った困った」

ひたすら勘違いを発揮しつつ、璃白は一礼をすると去って行った。

璃白の背中を見送りながら、ほっと安堵の息をつく。

「と、とにかく、小華の誘拐イベントは回避できたみたいで良かった」

これで小華を璃白に渡したと責められて処刑されることはないし、小華を取り返しにいく争いも起きないだろう。思いのほか楽に切り抜けられてしまい、拍子抜けだなと思う明鈴だった。

後宮の自室に戻り、寝台に腰掛ける。窓の外には朧月が浮かび、一日の終わりを告げていた。朧月は薄雲で真の姿を見せない神秘さが趣深いと思うが、今日は大事な何かが隠されているような不穏さを感じる。もっと明確に、はっきりと見えたらいいのにと思わずにはいられない。

処刑に直接つながる出来事を回避した今、残るは大牙と小華のことだ。シナリオ通りのトゥルーエンドだと大牙が小華を寵愛のあまり監禁してしまう。

小華と仲良くなったこともあり、彼女には友人として幸せになって欲しいと思う。努力家な姿は桃仙の乙女とか関係なく人としても尊敬しているのだ。小華には監禁ルートなんかじゃなく、健全な妃ルートを提供したい。

「監禁って……大牙の性癖なのか、心の傷のせいなのか」

性癖だとしたらどうしようもないが、心の傷からくる闇が監禁という形で表れたのならまだ手の施しようがある。大牙は何を求めているのだろうか。

大牙は神通力をこれからも使い続けることになるから、黒獣堕ちの危険と常に隣り合わせだ。大牙を黒獣堕ちから守ることは、彼だけでなくこの国の平穏を守ることにも通じる。

明鈴でなく小華が隣にいることが正解なのだ、きっと。だから、この晴れない薄雲がかかったような気分は無視しなければ。

「どうしたら二人が仲良くなれるのかな」

ぼやけた月を見上げてつぶやく。

その時だった。誰かの走ってくる足音が聞こえたと思ったら、佑順が部屋に飛び込んできたのだ。

佑順が息を切らして叫ぶ。

「明鈴、大変だ。一緒に来てくれ！」

いつも飄々としている佑順の焦る姿は珍しい。一体何が起きたというのだろうか。

説明も無しに急き立てられて明鈴は走る。佑順に連れられてたどり着いたのは城内の廊下だった。響き渡る言い争う二人の声、そこには大牙と璃白がいた。今にも大牙は手が出そうなほど激昂している。

「兄様、何が起きてるんです？」

「あー、その、後で説明するから。俺だけじゃ無理だから二人で大牙を止めるぞ」

佑順はそう言うと、大牙と璃白の間に入った。

明鈴も慌てて大牙のもとへ近寄り声をかける。

「大牙皇子、落ち着いてください」

「落ち着いてられるか！」

ビリビリと響くような声に思わずびびってしまう。だが周りを見れば、通りがかった臣下や他国の王族達が興味深げに見ていることに気がつき、このままでは見世物になってしまうと我に返る。

「とにかく、お部屋に戻りましょう」

明鈴は大牙の腕を取り、璃白から離そうと引っ張る。すると大牙は不機嫌さを隠さない表情で明鈴を見下ろしてきた。

「お前は黙っていろ」

久しぶりに見る至近距離の怒りに「ひぇっ」と小さな悲鳴が出てしまう。むやみに怖がるのは止めようと決めたけれど突発的なのは無理だ。つい反射的に反応してしまう。

大牙が眉を寄せて再び口を開こうとしたが、璃白が先に話し出した。

「君は、いつも自分の正妃にこんな態度を？」

璃白が信じられないものを見るような目で大牙を見ていた。

「他国の者に口出しされるいわれはない」

「そんな風だから愛想を尽かされたんですよ」

璃白が失笑している。お願いだから、もうこれ以上煽らないでくれと明鈴は泣きそうだ。

「あの、もう夜分遅いですし。璃白皇子もはやくお戻りください」

「ほら、やっぱり彼女は僕の心配をしてくれる」

「はぁ！　明鈴は俺の心配をしているんだ、お前はついでだ」

大牙が吠える。

大牙と璃白のやりとりに、明鈴はとても嫌な予感がしたのだった。


激昂する大牙をなだめつつ、佑順と共に大牙の私室になんとか連れ帰った。部屋の中には大牙と佑順と明鈴の三人のみ。重苦しい空気が満ちている。

「大牙皇子、あれはまずいです。人格に難ありと各国に認識されてしまいます」

佑順はため息交じりに言った。

「……分かっている。だがあいつが先に侮辱してきたんだ」

「そんな子どもの喧嘩じゃあるまいし。我慢してくださいよ」

「佑順はあんな言われ方をして腹が立たないのか？」

「それは……」

佑順がこちらをちらっと見てきた。

「私が、その、原因ですか？」

明鈴は怖々と確認する。

「璃白が俺を挑発してきたんだ、明鈴は自分に惚れていると。己の正妃さえ捕まえられないのであれば桃仙の乙女など手に余るだろうから渡せ、とな」

あぁ頭が痛い。挑発をする璃白も璃白だが、それに乗ってしまう大牙も問題だ。

「璃白皇子はなにやら誤解をしているだけです。私は好意など持っておりませんよ」

「なら何故、璃白にだけ必死で話しかける。他の皇子達とは明らかに態度が違った！」

大牙が怒りに震えていた。璃白が誤解をするのはまだ分かるが、大牙も内心では疑っているのか？　このことに気付き、さあっと血の気が失せるのを感じた。

「違います！　璃白皇子のことは、本当になんとも思っていないのです」

確かに小華への接触を防ぎたいが為に話しかけまくっていた自覚はある。加えて璃白は好きなゲームキャラでもあったから、前世で言う推しアイドルみたいな感覚もあった。でも推しとリアルな好きは別物だろう。

「じゃあ雄兎くさいのは何故だ。他の動物の匂いは付けるなと言っただろ」

大牙がじろりと睨み付けてくる。

雄兎くさい……璃白に協力を持ちかけられたときに腕をつかまれたことを思い出す。あの場面で匂いが付いてしまったのだろう。

「大牙皇子、あ、あれは不可抗力で──」

焦るあまり言葉が上手く出てこない。璃白に協力を求められた件は言ったら余計に話がこじれるだろう。だが、内緒にするとなると納得させる説明がすぐには思いつかない。

どうすべきなのか分からずあたふたするばかりの明鈴を、大牙が突然抱き上げた。いわゆるお姫様抱っこだがときめく余裕など無く、すぐに大牙の寝台にドサッと降ろされる。

「えっ？」

間の抜けた声を出す明鈴の上に、大牙が覆い被さってきた。

「他の奴に取られるくらいなら、今から俺のものにする」

「大牙！　さすがに待て」

佑順が慌てて大牙を引き剝がそうとするも、乱暴に振り払われてしまう。

「出て行け佑順！」

「こんな状態で二人を残していけるわけないだろ」

「邪魔をするな。お前といえども口出しすることは許さん」

底冷えするような大牙の声に、佑順もたじろいだ。

「大牙……」

「分かったら出て行け」

時が止まったかのように二人が睨み合う。まるで見えない火花が散っているようだ。

「………妹を傷つけることだけは、しないでくれ」

佑順は声を絞り出し、扉へと向かう。

「そんなことは知らん」

大牙が冷たく言い放つと佑順は一瞬足を止めた。だが諦めたように部屋から出て行った。

怒りに満ちた大牙の瞳に見下ろされ、胃がきゅっと痛みを訴えてくる。また怒らせてしまった。怒らせるつもりはこれっぽっちもないのに、いつも大牙を怒らせてしまう。自分の愚かさが情けないし、怒った大牙は本当に怖い。じわっと涙がにじんできた。

「大牙皇子……申し訳ございません」

機嫌を損ねることしか出来ない自分が悔しい。

「何に対しての謝罪だ。璃白に心揺れたことか？」

「違う！　璃白皇子は好きとかじゃないです。自分大好き皇子よりも大牙皇子の……っ！」

明鈴は無意識に両手で唇を押さえた。自分が怖い。この混乱した頭で何を口走るつもりだったのだろうか。

「最後まではっきり言え。俺が何だ」

あっけなく明鈴の手首は大牙につかまれ、顔の両側に縫い留められてしまう。

「あ、いや、そのっ」

「明鈴！」

怒りに思考が染まって冷静さのかけらも見受けられない。つかんでくる手にそこまで力はこもっていないが、このままでは危ないと思った。明鈴自身というよりも大牙がだ。嫌な予感がする。

この体勢から抜け出そうと身をよじる。明鈴の抵抗に意識がそれたのか、右手首を押さえる力がさらに弱まったので一気に引き抜く。

瞬間、大牙の袖がめくれ、腕に巻かれた白が目に入った。

「包帯？　怪我をなさってるんですか」

目を見開いて指摘すると、あれだけ激昂していたのに大牙は起き上がって腕を隠すように後ろを向いてしまった。

「怪我じゃない、気にするな」

包帯を巻いていて気にするなは無理な話だろう。だが巻いてある部分について思い当たることがあった。あの箇所は黒獣堕ちの兆しが現れていた部分だ。手首を押さえてきた手には力が入っていなかったから、もしや黒獣堕ちの影響かもしれない。

明鈴は体を起こすと、大牙に向かって正座する。大牙は明鈴を拒絶するかのように後ろを向いたまま何も言わない。

「黒い斑点が現れているのですか」

静かに問いかける。

大牙の肩がピクリと動くも返事はない。違うなら違うと言うだろう。だが返事がないということはそれが答えだ。

神通力の影響で魂が疲弊し始めると、黒獣堕ちというだけあってまずは神獣の姿に変化したときに黒い斑点が現れるという。そして疲弊が進むと人の姿のときにも黒い斑点が浮かぶようになるらしい。つまり今の大牙の状態はかなり黒獣堕ちへ進んでいるといえる。

おそらく佑順にすら言っていないのだろう。余計な心配を掛けたくないからに違いない。だが誰にも言えずに抱え込み、人でなくなる恐怖と一人で闘っていたのかと思うと胸が苦しくなった。

もっと頼って欲しい。頼りないのは分かっているけれど側にいるのだから。明鈴じゃなくても佑順でもいい、他の誰でもいいから、どうか一人で背負わずに苦しみを分けて欲しいと思った。大牙だけが重荷に苦しむ必要はないのだから。

「大丈夫です、一人で抱え込まないで」

大牙がこちらを見てくれた。眉を寄せ苦しげにゆがむ表情を隠さずに向けてくれる。それだけで心を少し開いてくれたようで嬉しかった。怖かった気持ちはどこかに行ってしまい、今は喜びがじんわりと胸に温かく広がる。

明鈴は温かい気持ちが伝わるようにと、そっと大牙を抱きしめた。

「私は大牙皇子が苦しむのは嫌です」

今夜だけは恐怖など感じずに眠って欲しい。苦しみに凍えないように、自分がしっかり温めるから。そんな思いで大牙の髪をゆっくりと梳くように撫でた。大牙も嫌がることなく受け入れ、明鈴をそっと抱きしめてくる。

そのまま寄り添い、お互いの心音を聞き眠りにつく。初めて二人で過ごした夜は、とても静かで温かな時間だった。

佑順は大牙の部屋から動けずにいた。扉の前でじっと中の様子を窺う。

「どうか無体なことはしてくれるなよ、大牙」

もう神頼みのような言葉しか出てこなかった。明鈴は正妃だしいずれそういうこともするだろうが、こんな乱暴な流れでの行為は兄として許せるはずもない。

途切れ途切れだが中の会話が聞こえてくる。ハラハラしつつ打ち首覚悟でやはり部屋に入ろうかとも思っていたが、どうやら明鈴が大牙をなだめてくれたらしい。佑順の心配は杞憂に終わったようだ。

なんだかんだと明鈴は大牙の扱いが上手い。明鈴本人はびびりまくっているだけだと言うかもしれないが、今までも大牙が我慢出来ずに手を出しかけたことはあった。だが結局は大牙が折れて我慢するのだから、上下関係でいったら明鈴の方が実は上かもしれない。

「びびりの猛獣使いってかんじだな」

佑順は安堵半分、呆れ半分といったため息をついた。

しばらくその場にとどまっていたけれど、こっそり中の様子を窺うと穏やかに肩を寄せ合っていた。もう大丈夫だなと判断し部屋の前から移動するのだった。

しかし、廊下を曲がると佑順を待ち構えていたように人が立っていた。窓からの月明かりが逆光になって顔は見えないが、色素の薄い長髪がまるで光っているように見える。

「どなたです？」

目をこらしつつ声をかける。すると顔を上げて姿を現したのは璃白だった。

「こんばんは」

「璃白皇子、こんな夜更けにいかがされました？　先ほどの騒ぎのこともありますし、部屋ではやくお休みになった方が」

「いや、少し話がしたくてね」

面倒だなと思いつつあくまで表情は崩さないように気をつける。

「大牙皇子でしたらもう休んでおりますので、また明日にして――」

「君にだよ」

佑順の言葉を遮るように璃白が笑みを浮かべた。その笑みが怪しすぎて内心身構える。

「一国の皇子がわたくしなどにどのような」

「妹さん、大丈夫？　酷い扱いを受けているように思えたけど」

「ご心配ありがとうございます。ですが、ああ見えて仲良くやっているんですよ」

現に二人は身を寄せ合って眠っているのだ。これで仲良くない訳がないだろう。

「そうは思えなかったけど。さっきも部屋の外まで怒鳴り声が聞こえていたよ」

「これはこれは、盗み聞きとはあまり上品ではありませんね」

「盗み聞き？　まさか。通りかかったら聞こえてきただけだ」

璃白が肩をすくめた。要領を得ない話に一体何しにここに来たのだと、佑順は内心イライラし始める。それを見定めたかのように、璃白のまとう空気が変わった。ここからが本題なのだろう。

「彼、結構限界なんじゃない？」

璃白の言わんとする意味は分かったが、ここで肯定するわけにはいかない。

「何のことやら」

「神通力の暴走、時間の問題でしょ。神通力を使うもの同士、近寄るとなんとなく分かるんだ。こいつやばいってね」

先ほど大牙は璃白とつかみかからんばかりの至近距離にいたから気付かれてしまったのだろう。

佑順は神通力を使えないが、毎日大牙を見ているので様子がおかしいことは気付いていた。いろんな情報の欠片を組み合わせて神通力が暴走しかかっているのではと推測していたが、璃白の言葉を受けて確信に変わる。

「あんな泥舟の皇子と心中なんて、君も可哀想だね」

璃白が嘲るような口調で言う。

「泥舟などと思っていませんよ」

「本当に？」

ぐいっと璃白が距離を詰めてきた。佑順は返答に困りつつ一歩後ずさる。

「璃白皇子は他人の心配をしている余裕はないのでは？　国では立派な弟皇子が待ちかねているんじゃないですか？」

璃白の痛いところを突いてやると、面白いほど瞬時に笑みが消えた。

お互い無言でにらみ合う。

璃白が何が目的でここで待っていたのかは知らないが、これ以上関わり合いたくない。

疲れたしもう休ませてくれと思う佑順だった。

第五章

前門の兎、後門の虎

視線を感じてまぶたを開けた。すると、目の前には微笑を浮かべる大牙がいるではないか。大牙は寝そべりながら片肘をついた体勢で明鈴を見ている。

「なんで！」

明鈴は脱兎のごとく飛び起きる。慌てて周りを見渡すと、そこはいつもの後宮の部屋ではなく大牙の私室だった。恐る恐る視線を戻して自分を見ると昨日着ていた服のままだった。少し寝乱れている程度でほっとする。だが、すぐに寝顔を見られていたのだと思いだし恥ずかしさが襲ってきた。

「寝ぼすけだな。もうすぐ昼だぞ」

喉の奥でくっと笑いながら大牙が言った。大牙は昨日とは違う服にすでに着替えており身支度が済んでいる。嘘だろうと時計を見ると、信じられないが確かに昼間際だった。

昨夜は大牙の心音を聞いているうちに、意識が溶け込むように薄れていったのだ。そこから一度も目覚めることなく爆睡していたらしい。昨日は璃白のせいで大変だったから疲れていたのだろうか。

それにしても大牙はすっかり元通りだ。昨夜の不安定な気配は消え去っている。

「どうした、じっとこっちを見て」

起き上がりながら大牙が不思議そうに言う。

「い、いいえ。その、いつもの大牙皇子だなと思いまして」

「あぁ、ぐっすり寝たら体が楽になった。温かい抱き枕もあったしな」

大牙のからかうような笑みに、照れくさくなって顔を背ける。異性の隣で夜を明かしてしまったのだと今更ながらに気恥ずかしくなってくる。何もなかったとはいえ、身内である佑順と顔を合わせるのはちょっと気まずい。

「入るぞー」

急に扉が開いたかと思うと佑順が入ってきた。思わず大牙の陰に隠れてしまう。

「佑順、勝手に入ってくるな」

「え、ちゃんと入るって言ったじゃん。それとも、真っ昼間からいちゃいちゃしようとしてたとか？」

佑順もいつも通りの様子だ。飄々とからかうようなことを平気で言う。

「入る前に言えってことだ」

「はいはい、まあわざとだからね。今後は気をつけるよ……だから、大牙も昨夜のようなことはもうやめてくれ」

佑順の明るい声が途中から変わり、懇願するような響きを持った。そして明鈴をじっと見つめてくる。

「兄様……？」

「明鈴、情けない兄で軽蔑するか？　距離を取るくらい信頼をなくしてしまったか？」

明鈴が大牙の陰に隠れたことを気にしているのだろうか。

「違うの、軽蔑なんてしてない。ただ兄様と顔を合わせるのが照れくさくて……その、なんていうか、ええと」

俯いてもじもじと胸元で指をいじる。面はゆい気持ちが満ちるも上手く言葉が見つからず、焦りから頬が熱くなってきた。

「明鈴、その仕草をすぐにやめろ。また襲われるぞ」

佑順が切羽詰まった声を出す。意味が分からず顔を上げると、目の前にいた大牙と目が合った。大牙の表情は獲物を前にして必死にこらえる虎だった。え、なんで？

「無駄に煽るような行動は慎め」

大牙が唸るように言うと寝台から降りた。

入れ替わるように佑順が寝台の端に腰掛け、明鈴の髪に優しく触れてくる。

「無事で良かった」

一言、佑順は明鈴を見つめてつぶやいた。

昨夜のことを悔やんでいるのだ。大牙にああまで言われたら佑順は出て行くしか無かった。仕方のないことだったと思うし、それについて怒ったり傷付いたりはしていない。多少拗ねてはいるけれど。

だが佑順にしてみたら、激情に駆られた状態の大牙の前に妹を残して出て行かなければならなかったのだ。どれだけ歯がゆかっただろう。

やっぱり佑順を嫌いになるなんてことはあり得ない。佑順が兄で良かったと心から思うし、こんなに心配してくれたことがすごく嬉しい。

「兄様、大好き！」

佑順の胸元に飛び込むように抱きついた。

「俺もだよ、明鈴。俺にとって一番大切な女の子だ」

佑順がそっと抱きしめてくる。居心地のいい場所に明鈴は笑みがこぼれる。

「佑順、俺の妃を口説くな！」

大牙が吠えた。

「はは、嫌だなぁ。妹のことが大好きで大切なんて普通のことでしょ」

「そうですよ、大牙皇子」

明鈴と佑順は、きょとんとした同じ瞳で大牙を見る。

「駄目だ……こいつら」

大牙のため息が聞こえたのだった。

季兄妹の絆を確かめ終えると、佑順が執務の話を始めた。

「明日から順次、来賓の方々の帰国が始まります」

先ほどまでの砕けた口調から、仕事用の口調に変わる。

「あぁ。普段交流できない国同士には良い機会になったようだが、あまり自国を放っておくこともできないからな」

目の前には真剣な表情で話す二人。明鈴は邪魔にならないように黙って寝乱れていた服を整えはじめる。

「警備を兼ねつつ来訪の感謝を示すために都の端までは見送るという計画でしたが、そのまま実行でよろしいですか」

「それでいい」

「差し出がましいようですが、順番は変えた方が良いのでは」

佑順が窺うような様子で提案している。

「先方の都合を配慮して組んだ順番だろう」

「ですが……璃白皇子はさっさと追い出した方が良いかと思いまして」

確かに璃白が近くにいるのは気が抜けない。諦めたとはいっていたが、やっぱり桃仙の乙女が欲しいと言いだすかもしれないし。出て行ってくれたらそれが一番安心だなと明鈴も思った。

「一理あるな」

大牙も賛成のようでほっとする。

話し合いが一段落したのを見計らって立ち上がった。

「そろそろ後宮へ戻ります」

「送るよ」

佑順がすっと立ち上がり明鈴の腰に手を当てる。

「おい、お前は過保護がすぎる…………俺が送る」

大牙も立ち上がり明鈴の肩をぐいっと引き寄せた。明鈴はすとんと大牙の胸元に収まる。

「ええと……二人とも、お仕事なさってください」

明鈴は呆れながら過保護な二人の申し出を断るのだった。

後宮に戻った明鈴は紅希に抱きつかれた。紅希は心配しすぎたのか、しばらく引っ付いたまま離れなかったくらいだ。そして怒濤の質問攻めにあい、事細かに報告をする羽目に

なったが、そのおかげで大牙とは何もなかったと伝わったようだった。

　翌日、大牙は各国の来賓達を順に送り出し始めた。もちろん最初は兎璃白だった。朝のうちに城門から出て行く音が後宮にも風に乗って聞こえてくる。もう璃白は大牙に連れられて城から出たのだ。これで小華がさらわれることも、下手に誘惑されることもない。

　安堵した明鈴は昼下がり、小華に会いに行くことにした。話の内容をあまり聞かれたくないため、紅希には部屋に残ってもらっている。かなり文句を言われたが、そこは小華と腹を割って話したいからと頭を下げて納得してもらった。

「明鈴様、先日はなにやら騒がしかったようですが、大丈夫でしたか？」

　小華は眉を八の字に下げ、おずおずといった様子で尋ねてきた。小華にも心配をさせてしまったようで申し訳ない。

「大丈夫よ。勘違いから少し言い争いになってしまっただけだから」

「ならば良いのですが」

　小華が安堵したように息をつく。

　明鈴は今日、これまであえて目をそらしてきたことを尋ねたくてここに来た。正直、小華の答えを聞くのがとても怖い。けれど、もう見ないふりは出来ないのだ。今までの迷いにけじめをつけると決めたから。

　明鈴は大きく息を吐くと、意を決して顔を上げた。

「小華、大牙皇子の正妃になるつもりはありますか？」

「えっ、急にどうされたのですか。正妃には明鈴様がいらっしゃるではありませんか」

小華が目を丸くして驚いている。

「私がいるとかそういうのは置いておいて。あなたが、大牙皇子の妃になりたいかどうかを聞きたいのです」

「正直に申し上げてよろしいのですか？」

「えぇ、あなたの本心に寄り添いたいと思っています。だから正直に教えて」

明鈴の真摯な様子に、小華も真面目な表情になった。

「私は、妃になどなりたくありません」

小華の答えは簡潔かつ迷いが見られない。

「……そう。理由を聞いても？」

「はい。私は桃仙の乙女だと分かってから、まわりの勢いに流されるようにここに来てしまいました。何の覚悟もないのです。桃仙の乙女であることも妃に望まれているということも戸惑うばかりで。それでも桃仙の乙女は別の人に替わることはできません。だから桃仙の乙女としての責務を頑張りたいのです。私はこの責務だけで精一杯なのです」

この小さな肩に思っていた以上の重圧を感じていたのだ。勝手に背負わされた責任を、小華は投げ出したくなったっていいのに必死に受け止めていた。住みなれた家から後宮に問答無用で放り込まれても、やったこともない舞をやらされても、腐ることなく頑張っていたのだ。

小華は真面目で努力家な性格なのだから、こんな風に責任を感じてしまうのは当然なのに。明鈴は自分の考えの浅さが恥ずかしくなる。自分でさえ正妃は荷が重いと思っていたくせに、それを手一杯の小華に背負わせようと思っていたのだから。

「それにですね、私は明鈴様以上に正妃にふさわしい方はいらっしゃらないと思います。とても優しくて誰にでも分け隔てなく接してくださいますし、何よりあの紅希様が侍女に付きたいと思うなんてすごいことですよ。後宮の誰もが恐れている紅希様に慕われている明鈴様はただ者じゃありません」

小華が鼻息荒く、身を乗り出すように説明してくる。その勢いに明鈴は少しびびった。

「私はそんな出来た人間じゃないわ。紅希も、ただ友人として仲良くしてくれてるだけよ」

「そういうところです、分かってませんね本当に。まぁそこが素敵なんですけど。普通だったらもっと偉ぶってしまうものですよ」

小華がくすくすと笑う。

「それを言うなら小華なんてこの世界唯一の桃仙の乙女なのだから、もっと偉ぶってもいいんじゃないかしら」

「あ、それは考えつきませんでした」

二人で顔を見合わせて、ふふっと笑い合う。

もっと早くこの話をすれば良かったと明鈴は思った。

今まで迷いつつも小華と大牙をくっつけることばかり考えてきたのだ。小華さえ側にいれば大牙の黒獣堕ちは起こらない、そういうシナリオだったから。そのシナリオが導くトゥルーエンドにたどり着くことが最善だと思ってきた。大牙が黒獣堕ちせず、みんなが救われ、かつ明鈴が正妃の座から逃れられる道がこれしかないと身勝手にも思い込んでいた。

「あと明鈴様、こんなこと本当は言ってはいけないと思うのですが……」

「いいのよ、言ってしまって」

「実は……むやみに威圧してくる大牙皇子が苦手なんですよ。明鈴様の側にいる私や紅希様が妬ましいのは分かりますけど本当に面倒くさい。まぁそれもあって妃になりたくないのです」

申し訳なさそうに小華は口元を手で押さえた。後半部分の意味がちょっと分からなかったけど、それより一刀両断に苦手という言葉が出てきたので驚いてしまう。

「そ、そうだったのね」

「まわりはうるさいでしょうが、大牙皇子も明鈴様以外を正妃にするとは思えませんしね。だから私が正妃になるなどあり得ません」

小華は言いにくそうにしつつも、最終的にははっきりと言い切った。

明鈴はぽかんと口をあけて固まってしまう。

驚いた。小華の気持ちがここまで大牙に向いていないとは思っていなかったのだ。ゲーム内だと大牙と恋愛をするのだから、今世も大牙のことをいずれ好きになると勝手に決めつけていた。まったく小華のことを考えていないにも程があるなと自嘲するしかない。

「明鈴様、私は桃仙の乙女として自分にしか出来ないことを頑張りたいのです。だから妃の責務までは手が回りませんし、そもそも妃に興味がありません」

小華は晴れ晴れとした表情を浮かべていた。恐らくずっと言いたくて、でも言えなかったことなのだろう。皇子の妃になりたくないなどと下手に言えば不敬罪に問われかねないから。明鈴だって不興を買うのが怖くて正妃を断れなかったのだし、気持ちは痛いほど理解出来る。

大牙も小華を求めておらず、小華も妃になることを望んでいない。バッドエンドを回避するためにこの二人をくっつけなければならないと決めつけていたけれど、そうじゃないのだ。小華の素直な言葉によって今気付けた。朧月にかかっていた薄雲が晴れていくような気分だ。

ここは確かにゲームの世界かもしれない。だけど、この世界の中でみんな『生きている』のだ。それぞれの命があって、こうしたいって想いがあって、精一杯に生きている。彼らにとってシナリオなど関係ない。今ここにいる人達がどうしたら幸せになれるかを考えなくてはいけなかったのだ。

「小華、ありがとう。目が覚めた気分だわ」

小華の手を取り感謝を伝える。

やっと進む道がはっきりと見えた気がした。確かにシナリオの強制力が働く状況では完全にゲームのことを無視は出来ないだろうけど、それでも人の心をくみ取った行動は出来るはずだ。

明鈴が心を新たにしていると、なにやら部屋の外が騒がしくなった。

「失礼します……あ、明鈴も一緒か。捜す手間が省けたな」

佑順が険しい表情で入ってきた。後ろにはなぜか武官達が数人控えている。

「兄様、どうしたんです？」

「城内に賊が侵入したんだ。恐らく大牙が不在になった隙を突いてきたんだと思う」

「まさか……」

こんな展開はシナリオにはなかった。桃仙の乙女を狙うのは璃白だったが、もう彼は帰国の途についているのだから。となると別の国が狙っているのか？　どんなことが起こるのか予測が付かなくて明鈴は青ざめる。

「二人が一緒にいてくれて良かった。桃仙の乙女と正妃である明鈴は狙われる可能性があるからね。ここにいたらいつ襲撃されるか分からないから避難しよう」

「分かりました。ですが、紅希が私の部屋にいるのです」

「心配な気持ちは分かるが呼びに行く時間がない。それに紅希様はあくまでここではただの女官だ、狙われることはまずない。分かるだろ、一番危ないのは桃仙の乙女で次は明鈴だ。明鈴が今ここで迷っていると小華殿を危険にさらすことになる」

心が天秤のように揺れる。紅希も小華も大切だ。でも、確かに一番狙われているのは小華だと明鈴にだって分かる。明鈴は唇を噛みながら決断した。

「……分かりました。行きましょう、小華」


佑順が先導し、武官達が前後を囲む形で進む。後宮にはいざというときの隠し通路があると噂では聞いたことがあったが、今まさにそこを通過中だ。本当にあるのだなと不謹慎にもきょろきょろと見てしまう。いつ襲われるか分からない恐怖ゆえの現実逃避なのかもしれないが。

隠し通路は物置のような部屋の奥に隠し扉があり、そこをあけて中に入ると大人が一人通れる程度の通路が続いていた。じめじめとしてカビの臭いが鼻につく。

薄暗い通路を抜けて鉄の扉を開けるとまばゆい光がさしこんできた。外に出たのだ。明るさに目が慣れてきてゆっくりとまぶたを上げる。すると、驚愕の景色が広がっていた。

「……なんで璃白皇子が？」

出てきた明鈴達を取り囲むように、璃白とその護衛である卯国の武官達が待ち構えていたのだ。慌てて退路である扉を振り返るもすでに璃白の手勢が立ちはだかっている。完全に袋の鼠状態だ。

混乱する頭を必死に動かすが、明鈴に分かるのは桃仙の乙女のさらわれイベントは回避出来ていなかったということだけだ。璃白は諦めてなどいなくて、別の形で小華をさらおうと画策した結果が今起こっていることなのだろう。

大牙に見送られて都の端まで行ったはずである。大牙は他の国の王族も見送らねばならないから、璃白は大牙と別れたあとにしれっと戻ってきたというのか。なんて執念なのだ。

「桃仙の乙女をこちらへ」

璃白が武官達に命じた。すると屈強な武官一名が小華に向かって歩いてくる。

小華は怯えて真っ青になっていた。小華は寅国に縛られる必要はないから、この国にいて欲しいけれど彼女が選んで卯国に行くならば仕方がない。だが、こんな無理矢理な方法など許せるはずがなかった。

「小華を連れて行くのは許さないわ」

明鈴は小華をつかもうとした武官の手を叩いた。本当は叩き落とそうとしたのだが、ぺちんと音がしただけでほぼ何も影響は与えられなかった。明鈴に叩かれた武官が眉間にしわを寄せて睨み付けてくる。

はっきり言って足が震えるほど怖い。本当は今すぐ逃げてしまいたい。でも、小華の力のみしか目に入っていない今の璃白のもとに行かせたら、幸せになど過ごせるはずがない。そう思うとどうしても逃げるなんて出来なかった。だって絶対、死ぬまで逃げたことを後悔すると思うから。一生後悔し続けるか、今立ち向かうのか。怖くても後者を選んだほうがマシだ。

「兄様、小華を守って」

明鈴は佑順に向かって叫びながら、再び小華に伸ばされた武官の腕をひっつかんで邪魔をする。

「痛って。なんだこいつ、本当に妃か？」

まさか武官も明鈴が再び阻もうとすると思っていなかったようで、うざったそうに腕を振り回す。当然、腕をつかんでいた明鈴も振り回される。そして急に襲ってきた痛みとその後に感じるざりっとした砂利の肌触りに、地面に突き飛ばされたのだと知った。

「明鈴、大丈夫か」

佑順の声がしたと思った瞬間、ふわっと慣れ親しんだ香りに包まれる。佑順に背後から抱きかかえられていた。

「兄様、私より小華を」

佑順を見上げて告げる。だが、佑順は明鈴の頬に手を当ててきた。

に何を考えているのだ。

佑順は場違いにも明鈴の傷を心配してくる。明鈴ではなく小華が狙われているというのに何を考えているのだ。

「兄様？　あの、小華を」

「明鈴、悪いけどちょっとばかり大人しくしててくれ」

佑順はそう言うと明鈴の両手首をまとめて握り、空いてる方の腕で明鈴のお腹回りを抱きしめてくる。

なんだろうか、この姿勢は。まるで後ろから拘束されているようではないか。

「兄様、あの、これでは身動きが取れないのですが」

「うん。だから明鈴は動いちゃ駄目ってこと」

佑順が飄々とした口調で言ってくる。何かがおかしい、佑順の行動は璃白の側についているような……まさか！　だから小華を守ろうとしないのか？

恐る恐る佑順を見上げる。

「俺は明鈴を傷つけるようなことはしないよ」

「で、では小華は？」

佑順は無言でニッコリと笑みを浮かべた。だがそれが答えなのだと知る。

嘘だと言って欲しい。佑順が大牙を裏切って璃白に付くなんて考えられない。どうして？　ずっと大牙の側にいて支えていたのに。

明鈴の動揺などお構いなしに状況は進んでいく。小華が武官によって璃白の前まで連れて行かれていた。

「桃仙の乙女、まずは乱暴な出迎え方をして申し訳ない」

璃白が深々と頭を下げる。

小華は真っ青な顔色で明鈴を見ると、唇をぐっと噛みしめて璃白に向き合った。

「謝罪は私ではなく怪我をした明鈴様に。なぜこのような酷いことをなさるのです」

「あなたを卯国に迎え入れたいのですよ、わたしの正妃として」

「……桃仙の乙女の力が必要なのですか」

「そうです。あなたが正妃となれば、父上にわたしを次期皇帝として認めさせることができる。わたしは弟に皇位を継がせたくないのです」

ゲームの知識がなければ、璃白はこの上なく身勝手なことを言っていると思うだろう。けれど、弟を守りたいが為にこんな無茶をしているのだ。自分勝手な行動に酔っているだけだと思うし、手段も許されるとは思わない。いろいろ間違っている。けれど、すべては優しさからくる行動なのだと思うと憎みきれないとも思った。どうしてそんな手段しか選択出来なかったのかと歯がゆくなる。

「璃白皇子の私利私欲のために力を使いたいとはどうしても思えません。それに、あなたが必要としているのは桃仙の乙女であって呂小華ではない。私の名前すら覚えていないのでしょう？　でも明鈴様は違います。小華として私を可愛がってくださいます。桃仙の乙女だからと遠巻きにすることもありません。友だといって側にいてくださいます。私はそんな明鈴様を敬愛しているのです。だから明鈴様のいるこの国で力を使いたい」

小華の心意気に感動の涙がにじんできた。後宮に上がりたてのころの弱々しさはどこにもない。

「では、こういうのはどうです？　正妃殿も一緒に卯国へ行くのです」

「えっ？」

小華が驚きの声を上げるが、明鈴も内心同じように声を上げる。璃白に必要なのは桃仙の乙女だけで、明鈴など要らないではないか。

「もともと一緒にお連れするつもりでしたが、話をする前に正妃殿が暴れだしてしまったので出来なかったのですよ。彼女は卯国の血縁ですし、不憫な環境に置き去りにするのは忍びないと思いましてね」

「ど、どういう意味でおっしゃっているのですか」

動揺のせいか小華の声がつっかえている。

「君だって分かっているだろう？　大牙皇子に正妃殿がどんな扱いを受けているか。僕も少し見たけれど、怯えていて可哀想だった」

璃白が小華に近寄り砕けた口調で言った。より小華の心を揺さぶるように、あえて取り繕った丁寧な口調は捨てたのだろう。

「そ、それは……」

「君は彼女を助けたくはないのかい。たくさん世話になったんだろう？」

追撃のように璃白は小華に揺さぶりを掛ける。

「卯国に行くのが明鈴様のためになる……？　でも、お二人は……」

小華は優しい娘だ。こんな交換条件を出されたら惑うに決まっている。でも、明鈴のために卯国へ行く選択など不要だ。大牙のことは怖いときもあるけれど、それだけじゃないってもう分かっているから。

「小華、私のことなど気にしたら駄目よ！　卯国へ行ったらもっと大きな争いが――」

最後は佑順に口を塞がれて言葉にならなかったが、小華には十分伝わったようだ。困ったように眉を下げていたが、自分の中で消化出来たのか表情が変わった。

「争いを生むような形で卯国へ行く訳には参りません」

毅然とした態度で言い切った小華の決断に賛辞を送る。残念ながら口を塞がれているだけに、フガフガという音が漏れるだけだったが。

「明鈴、静かにしろって。下手に刺激して怒りだしたらどうするんだよ」

佑順が耳元で注意してきた。いったい佑順に何が起こってこんなことをしているのだろうか。信じていただけにこの裏切りは心底腹立たしい。

もしかして！　明鈴の頭の中にある仮説が浮かんだ。

ゲームのシナリオだと璃白は悪役妃の協力を得てヒロインを誘拐する。だが今回は悪役妃こと明鈴の協力は得られなかった。そこでシナリオの強制力が発揮され、悪役妃の兄である佑順が協力するように補正されてしまったのではないだろうか。

「大牙皇子の正妃は本当に僕のことが好きみたいですね。はは、困ってしまうなぁ」

璃白がもがいている明鈴を見て苦笑いをする。

ここにきて尚、誤解は続いているようだ。どこをどう考えれば璃白のことを好いていると勘違い出来るのだろうか。

首を振って佑順の手を口から外す。

「私、璃白皇子のことは何とも思っておりませんよ」

「またまた。積極的なくせに恥ずかしがりやとか面倒な性格ですね」

「……いや、だから違うんですけど」

「桃仙の乙女でなく自分を妃にして欲しいのでしょう？　だからこんなにも駄々をこねた」

う　そ　だ　ろ　！

小華を渡すまじという明鈴の抵抗が、璃白にとっては自分を妃にしろという我が儘に変換されているだと？　それが事実ならとんだ仰天エゴイストだと言われても仕方ないが、実際本気で違うから。もうこの人怖い。ゲームでは普通に面白く思えていたが、自分が体感すると理解が及ばなすぎて震えてくる。

「駄々っ子なあなたもこう言えば分かってもらえるかな。これは僕の善意なんですよ」

ふふっと優美に笑みを浮かべる璃白だが、もう明鈴には理解不能な人としか思えない。

「意味が……分かりません」

「なに簡単なことです。桃仙の乙女を手に入れる助力をしてくれる代わりに、僕はあなたをこの国から連れ出す。交換条件ですよ」

意味が分からず明鈴は首を傾げる。

「君は大牙皇子に酷い扱いを受けているでしょう。怯えているのに迫られて、このまま側にいるのは可哀想だと思ったのが僕の善意。だから惚れている僕のもとに君も連れてきていいと言ったのです、佑順にね」

璃白の視線が佑順に注がれた。

本気で善意での申し出だったらしい。だが、大牙は誤解されやすいけれど、むやみに他人を傷つけるような人ではないともう知っている。明鈴が勝手に怖がりすぎていただけで、つまりは余計なお世話というやつだ。

それなのに佑順は璃白にそそのかされて、明鈴のために大牙を裏切る決意をした？　つまり佑順も明鈴が璃白を好きだと勘違いしているというのか。

「ちが――」

「明鈴、いったん黙ろうか」

反論しようとしたが佑順に再び口を塞がれてしまった。

「それにね、大牙皇子には未来がない」

璃白が急に真顔になって、明鈴の顔をのぞき込んできた。

「君は知っているかい。神通力使いがどんな道をたどるのか。大牙皇子は少しばかり急ぎ足で終わりに向かっている」

璃白は暗に神通力の暴走のことを言っているようだ。何故かは分からないが、大牙の神通力が暴走しそうなことを知っている。

「神通力の暴走が起きれば、いずれ黒獣堕ちをする。もちろん桃仙の乙女がいれば抑えられるが、大暴走を起こして一気に堕ちてしまえば桃仙の乙女でも手の施しようがなくなる。つまり自分の主として一生を捧げるには怖いだろう？　だから、そんな不安定な主ではなく僕に仕えるべきだとね！」

璃白が両手を広げて自分を誇示するように言い放つ。神通力の暴走を取引材料にするなんて、苦しんでいる大牙のことを考えると無性に腹が立ってきた。

「幸いにも佑順は優秀だし、何より卯国王族の血を引き継いでもいる。僕の右腕としてこれほどふさわしい人物はいない。だから側近の地位を約束する代わりに大牙を裏切ってもらったのさ」

勝ち誇ったように璃白は再び笑みを浮かべた。

こんな流れはゲームのシナリオにはなかった。完全に今世独自の内容といえる。だけど、ちゃんと理にかなっているのがゾッとする。今まで起きたシナリオの補正も、すべて起こるべくして起こっている内容だ。

だからこそ、裏切るに至った佑順の理由も『あり得る』と思ってしまう。佑順が裏切るだなんて思いたくないのに……納得してしまいそうになる自分が嫌だった。

普段は大牙に対して無礼なことも平気で言ってしまう佑順だけれど、それは二人の間に信頼関係があるからだ。すぐ側で見ていたから分かる。その信頼を急に現れた璃白に崩されるなんて本当にこれは現実なのか。何か悪い夢でも見ているようだと思った。

明鈴の存在が佑順の今の行動を後押ししてしまったのだろうか。大牙にとって一番信頼出来る相手を奪ってしまったのだろうか。そう思うと悔しいし情けなくて、歯を食いしばるも涙が一筋こぼれてしまう。

「おやおや、皆さんおそろいですな」

突如、背後の地下通路から重々しい声がした。どこか聞き覚えのある声だなと思いつつ、首をねじって見えた姿に目を見開く。現れたのは紅希の父である如太師だったのだ。

さらわれかけている明鈴達を助けに来てくれたのだろうか。屈強そうな護衛を大勢連れてきている。璃白の手勢より多いくらいだ。

「何故来たのです。もしや僕を裏切るおつもりですか」

意気揚々としていた璃白の表情が変わった。感情がなくなったかのような真顔だ。

何だか様子がおかしい。如太師が璃白を裏切るってどういうことだ？ 裏切るためには
もともとはつながっていたってことになるけれど？

「わたしは裏切ってなどいませんよ。もともと璃白皇子はただの駒ですからね、邪魔者を
排除するための」

如太師が失笑している。いちいち仕草が悪役くさいけど、如太師は悪者なのか？

「ふざけるな！ 僕が皇帝にならなければ……このままでは弟が黒獣堕ちしてしまう」

動揺したのか璃白から核心がこぼれ落ちる。周囲の幾人かが驚いたような表情をうかべ
た。璃白の身勝手に見えた行動の、真の理由に思い至ったのだろう。

ここまで黙って成り行きを見守っていた佑順が、ついに声を上げた。

「如太師！ 璃白皇子を利用していたのですか？」

ちょっと佑順の声が大きすぎて耳が痛い。久しぶりの発言でボリュームを間違えたのだ
ろうか。うん、確かに間違っちゃうときあるよね。

「姿を見せた時点で、聡いお前なら気付いたんじゃないのか。わたしが今回の黒幕だと」

如太師がギロリと睨み付けてきた。佑順を睨んでいるのだろうが、ほぼ同じ位置にいる

明鈴も睨まれているように感じてブルッと震える。こんな底知れぬ圧を発するのだ。今まで見てきた娘に甘い父像はもうどこにもなかった。

「まぁそうですねぇ。せっかく卯国で大出世だと思ったのに残念だったなぁ」

こんなシリアスな場面でも佑順が間の抜けた口調で話す。兄よ、もう少し空気読め！

「相変わらず洒落臭い奴め。お前も妹もずっと目障りだった。あと桃仙の乙女もな」

駆け引きめいた会話の応酬が続いていたが、ついにはっきりと如太師の口から明確な敵意がこぼれた。

脳裏に紅希が浮かび、明鈴は絶望に空を仰ぐ。己の父が悪いことをしていると知ったら、さすがの紅希もきっと傷付くに違いない。そんな姿は見たくなかったのに、如太師は何してくれちゃっているんだ。

佑順がなおも続けて問い詰める。

「だから璃白皇子をけしかけたのですね。桃仙の乙女と、璃白皇子の甘言によってわたしと明鈴も一緒にいるこの瞬間を作るために」

「分かっているじゃないか。ならこの後のことも分かるだろう。桃仙の乙女と正妃を誘拐しようとした罪人を成敗しに我々が駆けつけたが、遺憾なことにその騒動に巻き込まれ桃仙の乙女もお前達兄妹も命を落とす――さぁ、ここにいる全員を殺せ。卯国のものも残らずだ！」

嘘でしょ、まさか大牙に処刑されるのではなくここで殺されるの？　シナリオの流れはどこに行った？　これ桃仙の乙女のさらわれイベントなんじゃないの？　しかも璃白皇子までって証拠隠滅ってこと？　もうめちゃくちゃだよ！

厳つい如太師の手勢が近づいてくる。明鈴は恐怖のあまり佑順にぎゅっと抱きついた。あぁ震えが止まらない。もう地面ごと揺れているような気さえする。

すると佑順が耳元で「来たか」とつぶやいた。明鈴は佑順を見上げる。勢いが良すぎて首が痛いが気にしていられない。

「兄様、もしや」

「うん、もう大丈夫だから」

佑順が頭をゆっくり撫でてくる。

微かだった音と振動が次第に大きくなり如太師も気付いた。

「なぜ軍が……？」

明鈴達を取り囲む連中を、さらに取り囲むように大勢の寅国武官が現れた。その中心には、来賓を都の端まで見送りに出ているはずの大牙がいる。

馬上の大牙は軽装に武具の胸当てだけを着けた格好で、腰にはスチルでも見た剣が差さっていた。

「どうしてここが大牙皇子に分かったんだ！」

顔面蒼白で叫んだ如太師は、一周見渡したあと佑順を睨み付けた。

「お前、裏切ったのか！」

「いーえ、俺は『大牙皇子』を裏切ってませんよ」

先ほどの佑順の大声は、虎並みの耳を持つ大牙への合図だったのだろう。

佑順は明鈴から手を離すと大きく伸びをした。明鈴もつられて伸びをしそうになったが、それどころじゃないだろうと我に返る。

「兄様、疑ってしまって申し訳ありません」

信じられないながらも、あり得るかもしれないと思ってしまった。そんな自分が悔しくてたまらない。

「裏切ってると思われるように行動していたからね。明鈴が気にすることじゃない」

佑順が穏やかに微笑みかけてくる。良かったと心の底から安心出来た。

「明鈴、怪我はないか！」

大牙が声を上げながら、馬から下りてずんずんとこちらに向かってくる。

一番に大牙が声をかけたのは明鈴だった。桃仙の乙女でもなく、佑順でも誘拐の犯人達でもなく自分の安否だったことに、こんな状況だが胸のあたりがきゅんと切なくなる。

だが、明鈴が答える前に如太師の手勢が大牙の進路を塞いだ。

「そう簡単にお通しするわけには参りませんな」

先ほどまで動揺していた如太師だがもう余裕の表情に戻っている。さすが陰謀渦巻く政の世界で生きてきただけのことはある。

「如太師、悪あがきはよせ。もう悪行はすべて明るみに出たぞ。後宮での立場を得るために璃白皇子を利用して邪魔者を一掃しようとした。空いた正妃の座には血縁の娘を放り込み、ゆくゆくは王家の外祖父という大きな権力を持ちたかったのだろう？」

大牙が憎らしげに如太師を睨み付ける。本気の怒りをまとった大牙は、明鈴の前で見せていた姿はかりそめかと思うくらいに恐ろしかった。

「これだから耳の良い獣は厄介だ」

嘲るように如太師は肩をすくめた。大牙の怒りなどどこ吹く風といった様子だ。

「戯言はそこまでだ。首謀者の如太師、および璃白皇子を捕縛しろ！」

大牙の命令が出た途端、寅国の武官達が一斉に動き出す。

だが、如太師側から槍を持った大男が前に出てきたと思ったら、一振りで武官達をなぎ倒してしまった。筋肉質な腕を振り上げ、威嚇するかのように槍を一回転させている。

尋常じゃない強さだ。普通の人間の力とは思えない。おまけに槍がほのかに光っている。

「猪の神通力使いか」

大牙が眉間にしわを寄せた。

「その通り。政争で居場所をなくした王族なんて探せば意外といるもんですよ」

確かに王家直系に生まれたからといって、全員が皇帝になれるわけではない。残った皇子達は場合によっては出て行かざるを得ないのだろう。そして生きていくために己の出来ることをする。目の前にいる彼にとって出来ることが権力者の私兵だったのだろう。

「皆下がれ。俺が相手をする」

　大牙の周りに渦を巻くように風が巻き起こる。神通力を発動しているのだ。すっと構えた剣に風が集まり神々しく輝き始める。スチルで見た光景と酷似していると思った。桃仙の乙女を助けに来たときの姿だ。でも今は小華を助けるためだけでなく、明鈴のためにも来てくれた。そのことに明鈴は胸がぎゅっと締め付けられる。

ただ、このまま戦わせてしまっていいのだろうか。人の姿の時でも黒い斑点が出ていた。とてもじゃないが万全の体調ではないと思うのだ。

だから、叶うなら二人の争いを止めたい。けれど、やる気になった神通力使いの二人を前にして、せめて巻き込まれないように距離を取ることしか出来なかった。

　明鈴達も含めて誰もがじりじりと後退する。そして二人の視線が交わった瞬間、武器同士の硬い音が響いた。激しい剣戟が何度も続き、見守っているだけで手汗がじっとりと滲んでくる。

　己より大きな相手に対して少しも怯まない大牙。力強く立ち回っている姿に目が離せない。大牙の周りだけがきらきらと輝いて見える。あれは神通力の粒なのだろうか。相手の周りには見えないのに。

大男が剣戟の合間に神通力を打ち込む。空気を圧縮したような塊が大牙を襲い、間一髪で避けるも胸当てが吹っ飛んだ。お返しとばかりに大牙も風を巻き起こして小さな砂嵐を大男にお見舞いする。大男の視界を奪った瞬間に大牙の剣が太陽に反射して光った。

大男の槍が跳ね上がり、遠くの地面に突き刺さる。そして、大男は衝撃で気絶していた。

大牙の勝利だ。

「良かった。大牙皇子が勝った……の？」

でも大牙の様子がおかしい。意識のない大男に剣を向けて立っていたが、急に呼吸が荒くなり片膝をついた。支えにするように剣を地面に刺し、片方の手で胸もとを握りしめる。

その手が黒い斑に侵食されていた。

「近寄ったらいけない！　神通力の暴走を起こしかけている」

大牙に駆け寄ろうとした明鈴の腕をつかんだのは璃白だった。

「でも大牙皇子が苦しそうです」

「見た目は変わらないが今に暴れ出す。君は巻き込まれたいのかい？」

璃白が指摘した途端、大牙を中心に強風が巻き起こる。吹き飛ばされそうな勢いだ。ついに目に見えて暴走が始まってしまったのだ。

「暴走を……止めなくては」

今ならまだ間にあう。黒獣堕ちする前に止めれば良いのだ。

「お任せください。こういうときのための桃仙の乙女です」

小華が声を上げた。気丈に言っているが、顔色は悪いし手も震えている。でも小華に頼るしかないのだ。明鈴ではどうにも出来ないのだから。

「小華、お願い。大牙皇子を助けて」

「はい」

引きつった笑みを残して小華は大牙の方へ向かう。強風のため近寄れるぎりぎりのところまでいくと、小華は膝をつき祈り始めた。桃仙の乙女の神通力は祈りだという。癒やしたい、治めたいという気持ちが力となって、神通力の暴走を止められるのだと。

小華の祈りが光となり、大牙のまわりに満ち始める。光が大牙に染みていくと、次第に黒い斑が薄くなっていく。

「すごい」

明鈴は思わずつぶやいていた。これが桃仙の乙女の力なのだ。大牙を救えるのは桃仙の乙女であって、明鈴ではないのだと突きつけられた気がした。小華が妃にならなくたってそれは変わりないことなのに、何故かショックだった。

しばらくすると大牙の黒い斑が消え去った。これで神通力の暴走は治まったはず。明鈴達もまわりの武官達も安堵したかのように、一瞬空気が緩んだ。

「いけない！」

小華が叫ぶと同時に風圧でよろけてしまった。大牙のまわりに再び強風が巻き起こったのだ。もう風がすごすぎて中の大牙が見えない。

「小華、大丈夫(だいじょうぶ)？」

明鈴は駆け寄ると小華を抱(だ)き起こす。

「申し訳ありません。あともう少しだったのですが抑(おさ)え込めなくて、逆に暴発するかのように神通力が溢(あふ)れてます。もう私には手に負えない。大牙皇子の気配が……呑(の)み込まれて、消えてしまった！」

小華が泣き崩(くず)れた。それは、大牙が黒獣堕ちしたということだろうか？

明鈴はよろよろと立ち上がると、強風の渦を見つめた。あのなかにいるのは大牙なのか、真っ黒の獣なのか。

「風が少し弱まってきたぞ」

誰かの声が示すように少しずつ風が弱まってきた。中にいる存在が明らかになっていく。

そこにいたのは、灰色と黒が斑模様になった巨大(きょだい)な獣だった。それはまるでランランを大きくしたような牛柄(がら)だ。

「ランラン……？」

後宮に出入りする猫(ねこ)、ツンデレでお腹(なか)を触(さわ)らせてくれない猫、でも本当は明鈴に構ってもらいたがっていた猫。

なんで気付かなかったのだろうか。確かにゲームのスチルでは斑模様の神獣姿は出てこなかったし大きさも違った。だから結びつけようとも思わなかった。けれど暗示するものはたくさんあったのだ。

この世界で忌み嫌われている猫がそう簡単に城内をうろつけるのか。大牙であれば城内にいて当然だ。お腹を触らせてくれないのもツンデレなのも中身が大牙なら理解出来る。大牙はずっと猫だと誤解されながらも明鈴に寄り添ってくれていたのだ。もう璃白の思い込みの激しさを笑うことは出来ないなと思う。

「どんどん黒くなっていくぞ。逃げろ！」

武官の一人が叫ぶと、蜘蛛の子を散らすようにみんな逃げ始めた。

神獣の姿は神通力の状態を鏡のように映し出す。ランランの模様が濃くなったり薄くなったりしたのは汚れなどではなかったのだ。じりじりと大牙の魂は神通力に侵されていて、それが模様に表れていたのだ。

みるみるうちに灰色の部分は消えていく。今の大牙は真っ黒……もう人の姿には戻れないところまで堕ちてしまった。

漆黒の虎が吠えた。その瞬間に吹き飛ばされるほどの衝撃が襲う。

「黒獣堕ち、してしまったのか」

いのだから。

璃白が啞然とした表情でつぶやく。

もう小華の手には負えない。黒獣堕ちしてしまえば、桃仙の乙女の力でも元には戻せないのだから。

明鈴の脳裏に最悪のバッドエンドが浮かぶ。自我を失った大牙はその場にいたものは皆殺しにし、国中を破壊してまわり、寅国は滅亡してしまうのだ。

今まで必死にあがいてきたつもりだった。自分の処刑ルートを回避したくて、考えて考えて思いつく限りのことをやってきた。でも結果は自分だけでなく全員が死んでしまうルートだなんて。

――自分が悪役妃として処刑されていれば、みんなは救われたのでは？

もしシナリオ通りに行動していたら、大牙が黒獣堕ちすることもなかったかもしれない。

だが、明鈴はシナリオの進行を妨害しまくった。その結果が今の状況なのだとしたら……。

「どうしよう……私のせいなの？」

処刑されたくなかっただけだ、自分は悪くないって叫ぶ心。同時に自己保身のためにみんなを巻き込んだうえ大牙を救えなかったという後悔の心。相反する気持ちが胸の中でぐちゃぐちゃに暴れ回る。

「佑順！　ここは危ない、桃仙の乙女と己の妹を連れて離れろ」

璃白の声に、明鈴はハッと我に返った。

自己保身も後悔も今している場合ではない。出来ることがないかを考えなければ。

「璃白皇子はどうするのですか」

「僕は……大牙皇子を止めるよ。これでも王族だからね」

璃白は自身の剣をそっと撫でた。

黒獣堕ちしたら人に戻ることはない。だから璃白がここで「止める」といったのは「殺す」ということだ。大牙が父親を止めるために殺したように。

大牙の命が消えることを想像し背筋がぞくっと震えた。お腹の底からつめたいものが這い上がってくるみたいな不快感に襲われる。

「本気……なのですか？」

それに大牙を殺すというが、おそらく璃白が逆に喰い殺される確率の方が高い。そもそも神通力の強さで弟に負けている璃白だ、神通力はさほど強くないはず。黒獣になってしまった大牙に敵うとは思えない。

大牙が死ぬのは嫌だ、でも璃白が死ぬのだって見たくない。ただこのまま放置出来ないのも分かってる。頭ではちゃんと分かっているのだ。だとしても二人が死ぬのは死んでも嫌だ。どうしたらいいのか分からないけど、何か二人とも助かる手はないのだろうか。

「彼がすぐ堕ちるほど切羽詰まってると思ってなかったとはいえ、これは僕の責任だ」

自分の美貌に酔いしれている思い込みが激しい残念な人だと思っていた。けれど、璃白だって腐っても王族なのだ。自分が大好きゆえに、その自分と血のつながる弟が黒獣堕ちするなど許せないと勝手な理由を述べる。けれど、その変なプライドのために命を張れる兄なのだ。こんな状況だけれど明鈴は彼の意地を感じていた。だって、どさくさに紛れて逃亡することも出来ただろうに、彼はそれをせずにここにいたのだから。

佑順に手を引かれ、小華と共に後ろに下がる。

璃白はごくりと唾を飲み込み、集中するかのように目を瞑った。そして眉間にしわを寄せて額に汗がにじんだとき、光が璃白の剣を包んだ。

一瞬の静寂の後、璃白は大牙に斬りかかる。だが虎姿の大牙は俊敏な跳躍を見せて避けてしまった。逆に狙いを分散させるように左右に飛びながら一気に璃白に飛びかかってくる。璃白は翻弄されながらも神通力で強化された剣でその攻撃をいなす。神通力の剣が触ったせいか、大牙の動きが少しだけ遅くなった。その瞬間に璃白が間合いを詰めて、勢いよく剣を喉元に突きつける。だがそのとき、璃白の動きが止まった。

剣の先がカタカタと震えている。

「殺すしかない、分かってるんだ。楽にしてやるのが同じ苦悩を持つものとしての思いやり……でも……」

璃白の顔が泣きそうにゆがむ。いくら決意したとしても人を殺すのだ。ためらうに決まっている。

自我を無くし大切な人々を殺戮するなんて誰だって望まない。だから大牙は父親を苦しみから解放するために殺した。どれだけ心から血を流したのだろう。同じ状況になってみて、大牙がどれほど葛藤しながら父を殺す決断をしたのかが分かる。きっと父を剣で切り裂きながら、自分の心も切り裂いていたのだと。

大牙が動かない璃白の腕に嚙みつき地面にたたきつけた。その反動で剣は手を離れ、璃白は痛みにうずくまってしまう。大牙が低いうなり声を上げながら璃白へ向かってゆっくりと歩き始めた。次第に大牙の周りには風が巻き起こる。黒獣堕ちしてしまったせいで風には黒い瘴気も混じり始めていた。

大牙は何かするつもりだ。一気に障害をなぎ払うような、そんな攻撃がくると思った。

大牙の周りの黒い大気が渦を巻きどんどん大きくなっていく。そして、膨らみに膨らんだと思った瞬間だ。大牙が璃白に向かって大きく吠えた！

「やめて！」

明鈴は飛び出していた。一瞬のことなのに時がものすごくゆっくりに感じる。明鈴を見て驚いている璃白も見えた。

前世の記憶を思い出してからのあれこれが一気に頭の中を駆け巡った。あぁこれが走馬灯というやつなのかなと考えてしまうくらい、何故か時間の進みが遅い。

どうして飛び出したのだろうか。答えは簡単、怖くて仕方なかったから。でもその怖いっていうのは、明鈴がどうこうなることが怖いんじゃない。大牙に殺させたくなかった。これ以上、人を殺した苦しみを上乗せされるのが怖かったからだ。父親を助けるために殺して、じりじりと魂が神通力に侵されていくことに焦り、黒獣堕ちすれば大切な人を殺す恐怖を抱えて……こんな苦しいことを大牙は一人でずっと背負っていたのだ。

苦しみは、一人で背負うには重すぎる。

──一緒に背負うから。お願い、戻ってきて。

明鈴の両側を風が吹き抜けた。とっさに瞑っていたまぶたをゆっくりとあける。すると、黒獣姿の大牙が明鈴の目の前にいた。明鈴達の周りは吹き飛んでしまったのか何もない。あちらこちらに落ちていた武器も、動けずに転がっていた武官達も、すべてない。

明鈴は恐る恐る視線を動かし周囲の様子を見た。視界の端に吹き飛ばされて気を失っている璃白と佑順がいた。佑順は気絶している小華を腕に抱えているので、おそらく吹き飛ばされる瞬間にかばってくれたのだろう。

視線を大牙に戻した。すべてが真っ黒、金色だった瞳さえも黒くなっている。ただの更地と化した場所に明鈴と大牙だけがぽつんといた。

自分が生きていることに驚く。驚きすぎて何が起こったのか、どんな状況なのか、考えようとするけれどうまく頭が回らない。

「あっ……これって」

それでも動きの悪い思考回路を必死に稼働させていると、やっとつながりのありそうなことを思い出した。まわりはすべて吹き飛んで、皇子とヒロインだけが描かれたスチルが確かあったのだ。

あのスチルが見られるのは別皇子のアフターストーリーだ。全ルートを攻略すると桃仙の女神から『桃』がご褒美でもらえ、それが鍵となってアフターストーリーが開放される。トゥルーエンドのその先だったり、バッドエンドからの救済だったりするらしいが、明鈴が読んだのは三つだけ。だが、その中の一つとそっくりな状況なのだ。

それぞれもらった桃の使い道があるのだが、そのアフターストーリーではご褒美でもらった桃を二人で分け合って食べて誓いを交わすと、魂を共有する『番』という契約が成立する。黒獣堕ちしている魂は、神通力の暴走によって人の魂から黒獣の魂に変質してしまっている状態だ。だから人としての自我を無くして獣として破壊衝動に駆られて暴れまわる。だけどヒロインと番であれば魂を共有出来る、つまり人としての魂を使わせてもらうことで自我を取り戻せるというわけだ。

でも本当にアフターストーリーのルートに入っているのだろうか。少なくともこれは大牙に用意されたルートではない。それともシナリオが変わりすぎて、バグでも起こしているのだろうか。だとしたら奇跡を信じてもいいのかもしれない。

いや違う、信じて進むしかないんだ。

この希望を手繰り寄せるために、明鈴は桃果堂でランランと出会ったときのことを必死に思い起こす。希望のエンドに辿り着くために、一つだって予兆を逃してはならないから。

「確か私のかじった桃、ランランにも食べさせたわ」

あの桃で番契約など出来るのだろうかという疑問はあれど、一つの桃を分け合ったのは事実。そして『手当してあげる』と明鈴は言った。それが明鈴側の誓いの言葉になったと思われる。大牙がどんな誓いを述べたのかは不明だが、おそらく誓いに値することを言ったのは確かだろう。

あのアフターストーリーでは番相手に攻撃は効いていなかった。何故なら同じ魂だから自分の攻撃は相殺されるとのことだった。明鈴も無傷なところを見るとゲームの状況と同じ。

「私達、番になっていたんだ」

明鈴と大牙が番になっているとしか、これらに説明がつかない。

番の契約は桃仙の乙女だからこそ出来るものだと思っていたし、そもそもランランが大牙だなんてさっきまで思ってもいなかった。だが、いろいろ気になる部分はあるけれど、魂を共有するこの番契約が成立しているならば大牙を助けることが出来る。

明鈴は誓ったのだ。

だから大牙に手を伸ばす。

「手当してあげるね」

傷付いた大牙を明鈴が癒やすのだ。

契約したのだから、きっと出来るはずだ。


アフターストーリーの内容を記憶から引っ張り出す。

ヒロインは女神から桃をもらうと、バッドエンドで黒獣堕ちしてしまう皇子と出会ったときに戻る。そこで桃を分け合って食べて番契約をすると、意識が一気にバッドエンドのラストへ飛ぶ。黒獣に吹き飛ばされて死んだ終焉のシーンだが、ヒロインは生きていた。

そう、今の明鈴のようにすべてが吹き飛ばされているのに自分と黒獣だけがぽつんと存在しているのだ。

番の契約は成立しただけでは効果はない。ヒロインは番契約を発動させるために黒獣を抱きしめ、祈りを込めて皇子を取り戻した。

つまり、明鈴が今すべきことはシンプルだ。

大牙を抱きしめて全身全霊で祈ること。

「大牙皇子、戻ってきて」

明鈴は自分の三倍はあろうかという大きさの黒い虎の首に抱きつく。嫌がって首を振るので手が離れかけるが、獣毛を問答無用でつかんで必死に抱きつき続けた。首が太くて腕が回りきらないけれど精一杯伸ばし、漆黒の毛並みを撫でる。大きくなっていても色が真っ黒になっていても、ランランの毛並みと同じ手触りだ。そのことに明鈴は無性に泣きたくなる。なんでもっと早く気付いてあげられなかったんだろうと。

「ね、大丈夫だよ。あなたの痛みは、私が手当するって約束したでしょ」

ランランと同じ手触りで同じ匂いがする。だからその口からうなり声を上げていても、鋭い牙がのぞいていても、黒い瘴気を吐いていようとも、太い前脚を踏み降ろして地響きをさせていても、爪が明鈴の体をかすめても、明鈴は手を離そうとは思わなかった。怖いけれど、ランランだから怖くなかった。

「お願い、私に約束を守らせて」

明鈴は必死に大牙の毛並みを撫でる。ランランが好きだった耳の裏も手を伸ばして掻いてやるし、顎の下も噛まれるかと内心ちょっとびびったけれど勇気を出してさする。これは大きいだけのランランなのだからと、明鈴らしく思い切りもふった。

腕全体を動かし、毛並みに沿って撫でる。これでもかと手を伸ばし、首筋に顔を埋めて

こっそり虎吸いしながら、なんなら前脚に乗っかってよじ登るようにして背中も撫でた。さすがに巨大なので息が切れてきたが、根性でもふり続ける。

すると、大牙の動きが大人しくなってきた。

『……し、つこいぞ』

微かに声がした。不機嫌そうな大牙の声が頭の中に確かに響いたのだ。

「大牙皇子？」

ピタッと手を止めると大牙の顔を見る。すると、真っ黒だったはずの瞳が金色になっていた。

「戻ってきた！」

嬉しくて大牙の首に抱きつき直す。そして、もっと確実にこちらに引き寄せなければとさらにもふりはじめた。

もう駄目だと一度は思った。黒獣に堕ちたらそれで終わりだと。でも番契約が成立していることを知った。ただしこれはゲームの中じゃない。イレギュラーなことが起こる現実だ。決められたシナリオのように救われるエンドが待っているとは限らない。だけど諦めたくなかった。そして諦めなくて良かった。

『めいりん』

大牙が小さな声で呼ぶ。

明鈴は返事をする。

何度も、必死に、繰り返し。

『明鈴』

大牙の声が鮮明になってきた。

あれだけ大牙のことを怖がっていたのに、今は名前を呼ばれるのがこんなに嬉しい。明鈴は心が浮き立つのに任せて虎の耳元に唇を寄せた。ちゅっと小さな音が鳴る。

その瞬間だった。

黒色がすうっと抜けていき、見事な金色と黒の虎柄が浮かび上がってくる。

目の前には漆黒を取り払った神獣姿の大牙がいた。

第六章　虎口を逃れて虎穴に入る

明鈴は回廊を歩きながら見上げた。夜空にはまん丸な月が浮かんでいる。

大牙は黒獣堕ちからの帰還を果たした。怪我人は多数いたが死んだものはおらず。下手をすれば国すら滅ぶところだったことを考えれば、この程度の被害で済んだことは奇跡だろう。

卯国の怪我人は璃白も含めて城に運び治療しつつ、卯国からの迎えを待つこととなった。璃白の処遇がどうなるかは未定でこれから決まるらしい。璃白のやったことは許されないことだが、行動に至った動機や神通力で助けようとしたこともあるので情状酌量はあってもいいかもしれない。などとまぁ明鈴は上から目線で思っている。それもこれも大牙が戻って来られたから思えることだ。

城内は怪我人でごった返しているので、明鈴も手当を手伝っていた。

「兄様、体の具合はどう？」

佑順は打ち身や擦り傷が酷かった。大牙に吹っ飛ばされたときに小華をかばっていたために、二人分の衝撃を受けていたせいだろう。

「へとへとだけど死にはしないから大丈夫だ。明鈴も少しは休めよ、疲れてるだろう」

佑順が寝台から体を起こしたので、支えつつ少しでも楽なようにと背中に上掛けを畳んで入れ込んだ。明鈴は持っていた水桶と清潔な布をくるんだ風呂敷包みを椅子に置き寝台に腰掛ける。

「ありがと、怪我している人達の手当もほぼ終わったから休むよ。でも、その前に兄様の顔が見たかったの」

ちゃんと生きている。全員が死ぬ未来もあったかと思うと怖くて、どうしても佑順の声を聞いて安心したかったのだ。それに、今回の詳細を知りたいという気持ちもあった。

「兄様、どうして裏切ったように見せかけていたの？　正直、小華をさらおうとしなければ、こんな騒動にはならなかったと思う」

「これは手厳しい。でも、結果的にそうなってしまったから何を言っても今更かもしれないが……大牙が暴走した以外はすべて計画通りだったんだ」

「計画通りって何？　分かるように説明してよ」

「桃仙の乙女をあわよくばと狙っていたのは璃白皇子だけじゃないってことだよ。璃白皇子を誘拐の罪で捕まえられれば、他に狙っている者達への牽制になる。桃仙の乙女に手を出せば痛い目をみるとね。そう考えて、大牙と相談して璃白皇子の誘いに乗るふりをした」

なるほど、見せしめってやつか。

「あとは……」

まだ他にも理由があるのか？　しかし、佑順は言いかけたまま黙り込んでしまった。

「言ってよ兄様。気になるじゃない」

「まぁ、いずれ耳に入るしいいか。如太師をあぶり出したかったんだよ」

「あっ」

大牙の黒獣堕ちの衝撃が強すぎて頭の中から抜けていた。そうだ、紅希の父がこの騒動の裏で糸を引いていたのだ。

「如太師にとって桃仙の乙女と明鈴、あと別の意味で俺も邪魔だった。俺は大牙の側近としていつも横にいるから、如太師の意見が大牙に思うように通らなくて邪魔みたいでさ、今までもいろいろ陰で足を引っ張られてきたんだ。のらりくらりかわしてたけど、そういうのが積もり積もって我慢出来なくなったんだろうなぁ」

確かに大牙の信頼を得ている佑順は邪魔かもしれない。でも佑順がいなくても大牙が操り人形になるとは思えないけれど。

「じゃあ私と小華は？」

「如太師は自分の血縁を皇帝の正妃にしたかったんだよ。世継ぎが生まれればより権力が盤石となるからね。明鈴がいなくなったとしても、桃仙の乙女がいれば彼女を差し置いて正妃になるのは難しいだろうから。二人とも邪魔だったんだ」

「なるほど。でも邪魔に思っているのに紅希を私の侍女にするかな」

「それは紅希様の我が儘に折れたんだろ。ただし明鈴の側にいるなら刺客としても使えるかもっていう打算はあったと思うけど。でも、紅希様は良くも悪くも自分の気に入らないことはしないから。明鈴、命拾いしたな」

佑順にポンと肩を叩かれた。

それは紅希の心一つで、如太師の求めに応じて殺害されていたかもってこと？　なにそれ、めちゃくちゃ怖いんですけど。どうやら知らず知らずのうちに綱渡りのような日々を過ごしていたらしい。

「明鈴達には申し訳ないと思ってる。でも、この件で一気にけりをつけたかったんだ」

佑順が許してくれとばかりに苦笑する。

どうしてこんな危ない橋を渡ったのかと思っていたけれど、話を聞いてみれば納得だった。確かに桃仙の乙女を狙うもの達への牽制にもなるし、暗躍していた如太師を捕まえられるなら実入りの多い作戦だ。

「なぁ明鈴、大牙が黒獣堕ちしたときのことを聞いてもいいか？」

佑順が急に真剣な表情になった。

おそらく大牙がどうして助かったのかを知りたいのだろう。ここまでは明鈴が疑問に思うことを教えてもらった。今度は明鈴が佑順に話す番だ。

「何故、璃白をかばおうとした」

「……え？」

予想外の質問に明鈴は言葉がつまる。

「結果的に助かったから良かったものの、大牙の自我が戻ってこなければ死んでたんだぞ」

「怒らないでよ。それに裏切るふりとか危険なことに巻き込む兄様に言われたくないし！」

口をとがらせて佑順を睨むと、佑順はばつが悪いのかうっと胸を押さえた。

そのとき扉が開き、誰かが入ってきた。

「珍しい、兄妹喧嘩か？」

声の方を見れば、そこにはすっかりいつもの姿に戻った大牙がいるではないか。

思い切り抱きついてもふり倒したことが脳裏をよぎる。明鈴は気恥ずかしい気持ちでいっぱいだ。虎の姿だったとはいえ中身は今こうして目の前にいる男の人なのだから。虎を今の大牙と差し替えて想像するとなんて破廉恥な行動、もう視界から消えたい気分だ。

「明鈴、顔が真っ赤だけど大丈夫か」

佑順が不思議そうに聞いてくるが、無言で首をふるふると横に動かす。

大牙は明鈴をちらっと見たけれど何も言わず、佑順の前に来た。

「佑順、すまなかった。お前の立てた計画をぶちこわすところだった」

大牙が深々と頭を下げた。突然の行動に明鈴も佑順も唖然としてしまう。

「大牙、頭を上げてくれ。結果的に誰も死んでない。お前がぎりぎりのところで踏ん張ってくれたからなんだろ」

「違う、俺じゃない。すべて明鈴のおかげだ。明鈴がみんなを、この国を救ったんだ」

大牙は神妙な面持ちで明鈴を見つめてきた。そして、明鈴の頬の擦り傷をそうっと撫でてくる。その優しい手つきに胸がきゅっと苦しくなった。

「……どういうことだ？」

佑順が二人の顔を交互に見て首をひねっている。

「明鈴と俺は番の契約を結んだ。その番の効果で俺は自我を取り戻せたんだ」

「えっ？　話がとっぴすぎて分からない。もっと詳しく話せ！」

困惑する佑順に大牙は説明をしはじめる。桃果堂で出会ったときに二人は意図せずだが番の契約をしていたこと。大牙の人としての魂は黒獣に堕ちたときに完全に失ってしまったが、番である明鈴の魂を共有させてもらうことで人としての自我を取り戻すことが出来たのだと。

「番なんて本当に？　御伽話じゃなくて？」

「あぁ俺も信じられないが、桃仙の乙女だって実在しているのだから番になってもおかしくない。それに妙な胸騒ぎがして街に出たときに、明鈴が破落戸に絡まれていたことがあった。今思うと番だからだったのかもしれないと思っている。番は運命共同体、生きるも死ぬも一緒だからな」

「……やめてくれよ。俺は二人いっぺんに失う可能性があるってこと？」

佑順は青ざめてしまった。

魂を共有している以上、明鈴が死んだら大牙も死ぬ。逆もしかりだとゲームで言っていた。冷静になってみると大ごとだなと明鈴は気付く。自分の命が他人に左右されるのだから。今までは大牙を助けること、皆を助けることで頭がいっぱいだったのだがちょっと早まったかもしれない。いや、でも早まるも何も知らぬうちに番にもうなっていたからどうしようもないけれど！


水に浸した手巾を絞り、佑順の汗をそっと押さえるように拭く。打撲の影響で発熱してしまったのだ。薬湯の効きめで眠りにつく佑順の横で、明鈴は番契約のことを考えていた。

大牙と魂を共有してしまったから、大牙が死んだら明鈴も死ぬ。他人に命を左右されることに漠然とした不安が湧き起こる。かといって番になっていなければ、明鈴はすでに黒獣堕ちした大牙に殺されていただろう。そう思うと番にならなければ良かったとは思えず、むしろ大牙も含めて皆を助けられたのだから万々歳だろう。

だから、不安はあれども番契約そのものに関しては受け入れている。

問題なのは、どうして番契約が成立したのかだ。桃果堂の桃で番契約が出来るのならば、明鈴以外にも番になってしまう人達がいたのではないか、という疑問だ。桃を分け合って食べるのは特別な行為ではない。普通に起こりえることだし、その中の会話でお互いに何か約束するようなことを言っていても不思議ではない。

そう思った明鈴は、女官長に頼んで調べてもらうことにした。信頼出来る人に桃果堂に話を聞きに行ってもらい、そこでつかんだ有力情報は、とある神官の話だった。

桃仙の乙女でない限り食べてもただの桃なので、腐らせるのはもったいないと桃果堂の桃を持って帰り妻と食べたそうだ。しかもちょうど赤子を授かっためでたいタイミングだったので新しい家族を守ろうと誓い合ったが、番になどなっていないという。ということは、やはり桃果堂の桃を分け合えば誰でも番になれるというわけではないらしい。

ゲームでは桃果堂の桃ではなく、全ルートを攻略したご褒美の桃で番になっていた。

「もしかして全ルート攻略が鍵なの？」

明鈴は前世で全ルートを攻略してご褒美の桃を女神からもらっている。あくまでゲーム上だが。つまり真に必要だったのはご褒美の桃そのものではなく、全ルートを攻略したという実績だったのではないだろうか。桃はあくまで契約するための道具にすぎない、そう考えれば辻褄が合う。

今の小華ではどうあがいても番になれなかった。なんせ大牙ルートでさえ攻略出来ていない状態なのだから。

「私だから、大牙と番になれたんだ」

胸の奥がむずがゆい。この感覚はなんなのだろうか。不快ではないけれど、どこかそわそわして落ち着かない気持ちになる。なんだか大きな声で叫びたいような、そんな感じだ。大牙を救うことが出来たのは番になれる者だけ。番になれるのは乙女ゲームを全部攻略出来た者だけ。

もしかして桃仙の女神はこの世界にちゃんと存在していて、あえて明鈴を呼び寄せたのだろうか。ふと、そんな考えに至るのだった。

明鈴は久しぶりに紅希と小華と共にゆっくりとした時間をすごしていた。紅希が手に入れてきた都で評判の饅頭を囲み、三人だけの茶会をしている。

大牙が黒獣堕ちした日からもう十日が経っていた。よほどの重傷者以外は動けるようになり、璃白も迎えがやってきて帰国した。なんと卯国の現皇帝がわざわざ迎えに来たのだ。高齢故に弱ってきており杖無しでは歩けない状態なのに、謝罪のために無理を押してやってきたとのこと。

「馬鹿兎皇子、やっと帰ったわねぇ」

紅希が饅頭を頬張りながら言う。相変わらず辛辣だ。

「紅希、いくら悪いことをしたとはいえ言いすぎなのでは」

「どいつもこいつも馬鹿なのよ……でも、私の父が一番の大馬鹿者ね」

憂いを秘めた表情で紅希がため息をこぼす。

父である如太師が捕縛されたが、紅希自身は『正妃を守ろうとしていた』ということで逆に褒美が出ていた。おそらく本人的には何ともいえない複雑な気持ちなのだろう。後宮から去らずに今まで通り働く許可も下りているが、今後は父が罪人ということで嫌な思いをするかもしれない。

「紅希はお父上に逆らって、私を守ってくれていたと聞きました。本当に感謝しているのです。この恩は一生掛けて返すので、これから何かあったときには遠慮なく私を頼ってください」

紅希の手に自分の手を重ねる。すると、その上に小華もそっと手を重ねてきた。小華は吹っ飛ばされたときに佑順が抱えていたおかげで軽傷で済んでいた。

「私もお力になりたいです。紅希様にもとてもお世話になっていたのに、紅希様が一人で悩んでいたかと思うと、自分のことで精一杯になっていたのが悔しくて。あと私も紅希様と共に明鈴様を守りたかったです」

小華が鼻息荒く主張している。

「ちょっと私をなめないでよ。実家の威光があろうとなかろうと私は私。今まで通り気に入らない奴は蹴散らしていくわ」

さっきの憂い顔はなりを潜め、綺麗な瞳が勝ち気に輝いた。

確かに紅希は実家の力など無くても十分後宮で勝ち抜いていきそうだ。でも、そうであったとしてもたまには頼って欲しいなぁ、なんて思うけど。

「さすが紅希様ですね」

小華も苦笑いしつつ持ちあげる。

うん、小華もなかなか紅希の扱いが分かってきたようだ。

「そうだ明鈴、佑順様にお礼を言っておいて」

「兄様に？」

紅希と佑順に何か接点などあっただろうか。

不思議そうな表情になっていたのか、紅希が苦笑いしながら話し始めた。

「実はお父様の陰謀を密告したのは私なのよ。明鈴を正妃の座から降ろすようにいろいろ指示されてたの。毒とかも渡そうとしてきたのよ？　ほら、よく来る宦官がいたでしょ。あれお父様からの指示を言いつかって来ていたの。ただ後宮内のことなら私だけでもどうにか出来たけど、卯国が絡んで来たらこれはもう無理だなって思ってね、佑順様に打ち明けたのよ」

紅希は軽い口調で言っているが、これはとてつもなく重要な話だと思った。明鈴はごくりと息をのむ。自分の父をどんな気持ちで密告したというのだろうか。自分の気に入らない奴は蹴散らすと公言していても、相手が父となれば葛藤もしただろう。

「明鈴、それに小華、今回の璃白皇子による誘拐事件は私のせいでもあるの」

「え、どういうことです？」

明鈴は首を傾げる。

「本当は私の密告だけでお父様を捕縛しようと思えば出来たのよ。でも、佑順様はあえてしなかった……。なぜだか分かる？」

全く予想が付かない。明鈴は同じような表情をした小華と顔を見合わせたあと首を横に振る。

「私への指示は口頭だったからお父様が暗躍しているという物的証拠がなかったの。言い逃れされる可能性もあった。そしたら佑順様が『なら僕が決定的な証拠を作りましょう。如太師が捕まるのはあなたの証言ではなくこれから作る証拠です』って、さらっと言ったの。大牙皇子もそれに賛同してくれて、わざと私を渦中から遠ざけてくれたのよ。私がお父様の罪を密告したと気に病まないようにって」

「兄様が……そんなことを？」

佑順の口から説明されたことだけで納得はしていた。でも、失敗していたら小華をさらわれていたかもしれないし、死傷者が出ていたかもしれないのだ。危険を伴う作戦なだけに別の方法があったのではと思っていたのも事実。でも、紅希から語られた真実を聞いて、心底納得した。危険を伴おうとも、あの作戦でなければならなかったのだ。

「明鈴様の前で言うのも失礼なのですが、佑順様って何というか少々軽い印象を持っていたので、正直お話と同じ人物だとは思えませんね」

小華が驚きのあまり目を大きく見開いている。開きすぎてその大きな瞳がこぼれ落ちそうなくらいだ。

「私も本当に驚いたわ。おちゃらけた様子ばかり見てきたものね。でもまぁ皇子の側近になるくらいだし、無能なわけがなかったのよ。何ならちょっと夫に良いかもって思ったくらい。佑順様が夫ってことはもれなく義妹として明鈴も付いてくるし」

「確かに、佑順様と婚姻すれば正式に明鈴様と姉妹になれますね！」

急に佑順が友人達にモテだした。理由の中に明鈴が義妹になるということが混じっているのは謎だが。その謎部分こそが重要とばかりに盛り上がり始めた二人に対し、明鈴はどう声をかけて良いのか分からない。

ついて行けなくなった明鈴は、話題を変えることにした。

「そ、それはそうと、如家は今後どうなるのです？」

明鈴の質問に、少し興奮が落ち着いた紅希がお茶を飲みながら答える。

「お父様が捕まったから、代わりに叔父様が当主につくわ。本来であればお家取り潰しでもおかしくないのに、私の働きを認めてくれて大牙皇子が特別に許してくださったの。これに関しては素直に感謝するわ」

「そんなやりとりがあったのですね」

紅希の実家が無くなるようなことがなくて本当に良かった。

「叔父様は、お父様と折り合いが悪かったから家を出て商人をやってた変わり者だけど、すごく頭が切れてお金を稼ぐのが得意な人よ。さっそく私に小遣いだって大量の金貨と宝飾品を送りつけてきたもの。どう考えても、送りつけた宝飾品を身につけて後宮で流布させろってことでしょ。金貨はその前報酬ってところね」

うんざりといった様子の紅希だが、明鈴としてはちょっと安心した。変わり者とはいっているけれど、頼もしい後ろ盾に違いないのだから。

「なんだかんだ如家は大丈夫そうですね」

明鈴は安堵して饅頭に手を伸ばす。うん、紅希が手配しただけあってやはり美味しい。

「そうなると気になるのは卯国ですが、璃白皇子はどうなったんです?」

小華が興味津々とばかりに切り出した。

明鈴は佑順から聞いた璃白の処分を二人に伝える。

「卯国皇帝は璃白皇子の身分を剥奪して、神獣を祀る御堂にて生涯修行させることを大牙皇子に約束したって。なおかつ、今後寅国の危機には無償で助力することを提示したらしいわ」

「それは妥当なのですか？」

小華が首を傾げている。明鈴もこの条件の程度がよく分からなかった。

「んー、璃白皇子に関しては処分が少し軽いと思うけど、その分国としての対応がとても重いから釣り合いが取れてるんじゃないかしら。無償で助力とまでくるとほぼ属国になると言ったも同然だから」

紅希の説明になるほどと納得する。

おそらく璃白への愛情がそういう決断をさせたのだろう。皇帝は息子達を慈しんでいるし、璃白も弟を大事に思ったからこそ黒獣堕ちさせないために暴走した。卯国は慈愛にあふれたお国柄なのだろうか。だとしたら余計に、璃白が道を踏み外してしまったことが残念でならない。

だが、もう二度と璃白のような人物が現れないようにと、大牙は桃仙の乙女に関してある宣言を出していた。

『寅国は桃仙の乙女を独占するつもりはない。必要があれば派遣する用意がある』

これは大牙だけでなく小華の意向も含んだ内容だ。小華は今回のことを受けて、争いを生まないためにも国を問わず力を尽くしたいと申し出たのだ。そして桃仙の乙女としてあちこち飛び回ることになると思うので、妃になるつもりもないと。太師達の中には少し渋った者もいたそうだが、寅国としての利が何ら減るわけではないことから了承された。

もちろん大牙は反対などせず、桃仙の乙女としての国を超えた活動を支えてやると最初から乗り気だったらしい。

「何かしら」

「ところで明鈴様、前々から思っていたのですが」

「どうして明鈴様はすぐに他人をかばおうと前に飛び出してしまわれるのです？」

小華が目をすっと細めて聞いてきた。

「あ、それは私も思ってた。明鈴の悪いところよね」

紅希も身を乗り出してくると、小華は味方を得たとばかりに頷く。

「えぇ、明鈴様に唯一直していただきたいところです」

「そんなつもりはないのだけれど……」

「明鈴の優しさからくる行動だと分かってるし、そこが好きでもあるんだけど。でも自己犠牲も度がすぎると心配なのよ」

いつか取り返しがつかないことになりそうだと、紅希が案じたように眉を寄せた。

確かに、ついかばおうと前に出てしまうときがある。だけど彼女らがいう優しさからの行動なんかじゃない。それは自覚していた。

自分が何も知らないこの世界のモブだったら、立ち向かうこともせずに逃げただろう。だって怖いから。

でも、逃げたいのに逃げないのは『知識』があるからだ。知っていたのに何もしなかったら絶対に後悔する。それは嫌なのだ。知っていたのにどうして何もしなかったのだと責められるのが心配で、自分が悪者になるのが怖いのだ。

前世のときから明鈴は心配性で、後悔というものが嫌いだった。でも生きていれば悔やむことなど毎日のように遭遇する。だから社会人になるころには、どうせ後悔するならやらなかったせいでの後悔はしたくないと考えるようになっていた。同僚からの手伝って欲しいという頼みを断ってその人が終電まで仕事をしていたと聞いたら後味が悪い、なら手伝ってあげたいって思うではないか。

おかげで周りからは頼めば何でもしてくれると思われて、仕事も大量に押しつけられてしまったのだけど。ついでにいえば、そのせいで過労のあまり死んだけど。

つまり優しさでもなく、自己犠牲でもなく、これは明鈴の自己保身であり自己満足なのだ。後悔したくない、自分を悪者にしたくない、正当化したいという弱さが、こういう形で表れているにすぎない。

自分が何も知らなければ逃げたに決まっている。でも、明鈴はこの世界を知っていた。知っていていろいろ動いていて、それによって起こした出来事は明鈴の責任だ。だから自分のせいで他の人が傷付くのを見ていられないだけ。

「自己犠牲なんてそんな殊勝なものじゃないわ」

明鈴はぽつりとつぶやくのだった。

翌日の昼下がり、大牙が後宮にやってきた。紅希がお茶を出すも、庭へ行こうと誘い出される。

「わざわざ庭に移動していかがなさいました？」

明鈴は後宮に入った当初にもこんなことがあったなぁと思い返していた。

大牙とは怪我をした佑順のところで会って以来だし、二人きりで会うのは大牙の私室で夜を明かして以来だ。久しぶりに二人きりなのと、黒獣堕ちした際の自分の所業、つまり抱きついてもふもふしまくったせいで、どんな顔をしたらいいのかよく分からない。

「天気がいいから外に出た。それに部屋だと紅希が威嚇してくるから地味にいらつく」

「威嚇など最近はしていないと思いますよ」

前はあからさまに早く帰れ的なことを言っていたけれど。

「……気付いてないのなら別にいい」

大牙は明鈴を呆れたような目で見るとため息をついた。

もしやこっそり威嚇し続けていたのだろうか。これは後で個人面談しなければと明鈴は頭の中に書き留める。

後宮に入った当初には咲いていなかった花が咲いていた。季節がもう変わったのだ。明鈴の心の中も少しずつ変わってきたように。

庭を眺められるようにと造られている東屋で大牙は足を止めた。座れと促してくるので明鈴は素直に座る。二人掛けなので大牙も座れるのだが、彼は座ることなく椅子の横に立ったまま座った明鈴と同じ方を向いた。

「子虎の姿のこと、だますような形になってすまなかった」

いきなり謝罪され、明鈴はぎょっとする。立ったままの大牙を見上げるも、座っている明鈴からは角度的に顎しか見えなかった。

「ええと……その、私、猫だと勘違いしておりました」

確かに猫にしては丸っこかった。子虎だと言われればあの太い脚も納得がいく。だが言いたい。全然虎柄じゃなかったもんね！　模様が違いすぎるから気付くわけないじゃんと。

「だろうな。完全に猫扱いだった」

「……申し訳ありません」

「お前は謝るな。俺が謝っている」

大牙の指摘に思わずまた謝りそうになるが必死で呑み込み、代わりに質問を投げかけた。

「あの、どうしてランランの姿になっていたのかお伺いしても？」

「幼い頃、遊びたくて城を抜け出したりするときによく子虎姿になっていたんだ。桃果堂で初めて会ったときは周りを欺くために子虎姿に。あのときは……父上をこの手で殺した後だったな」

明鈴は相づちすら打てず、ごくりと唾を飲んだ。実際に大牙本人の口から聞くとより重く、そして生々しく感じた。

「公には急な病死とされていたから驚いたか。それとも、俺が親殺しで怖くなったか」

大牙が自嘲するように小さく肩をすくめた。

「いえ、なんとなく気付いておりました。その、神通力の暴走のことを心配で調べていましたので」

すると、大牙の視線が庭から明鈴に移動した。その瞳は信じられないとばかりに見開いている。

「知ってたのに俺が怖くないのか……って、そういやお前は最初から俺を怖がっていたんだったな。今更か」

大牙はまた庭の方を向いてしまった。

「父上は周りを巻き込むことを恐れていたから、もし神通力が暴走したら殺してくれと言われていた。俺は深刻がっているだけで本当に暴走するなんて思ってなくてな……殺したくなくて何で今桃仙の乙女がいないんだろうと本気で女神を呪ったよ。でも黒獣堕ちしてしまった父上は自我を無くしてその場にいた臣下を襲おうとした。だから俺がこの手で殺したんだ」

大牙は己の両手を見つめていた。その手は大きく剣を握るからかごつごつしていて、たくましいと思った。己の父を救った立派な手だ。

「父上がいないことに、その理由が自分だということに絶望した。俺は父上譲りで神通力が強いから、いずれ父上のように暴走するに違いないという恐怖もあったし。臣下からは次の皇帝はあなたなのだからしっかりしろと責任ばかり押しつけられ、頑張らねばと平気なふりをしたら、父を殺しておいて落ち込んですらいない冷徹皇子だと言われ王の素質を疑われた。巫山戯るなって、わめき散らしたかったよ」

大牙の置かれた状況に胸が締め付けられる。そんなのわめき散らして当然だ。でも彼は我慢して抱え込んだのだろう。

明鈴はゆっくりと待った、大牙が続きを話し始めるのを。

大牙は大きく息を吐くと再び口を開いた。

「そんなとき、桃仙の乙女を見極める成人の儀式をやっていると聞いた。なんとなく気になって、呼ばれているような感じがしたんだ。だが成人の儀式は男子禁制だから虎の姿で、目立たぬようにできるだけ小さくなって紛れ込むことにした。たぶん安心したかったんだ。桃仙の乙女なんてやっぱり現れない、父上が死んだのは仕方なかったんだってな」

大牙は大きく息を吐いた。

「それなのに、桃仙の乙女が現れてしまったのですね」

本来であれば喜ばしいことだけれど、大牙にとっては現れなかった方がよかったのだ。まわりが歓喜に沸いている中で、大牙の気持ちだけが取り残されていく状況。聞いているだけで悲しくなってしまう。

「俺は絶望したし、怒りしか湧いてこなかった。もう父上は死んだ、俺が殺してしまったんだ。あと数日はやく成人の儀式が行われていればなんて考えたところで、もう父上は戻ってきやしない」

大牙の握った拳が力の入れすぎで震えている。

「大牙皇子、お手をこちらへ」

明鈴はそっと大牙の拳を手に取ると、ゆっくりと撫でる。少し力が抜けたようだ。よかった、あのままでは自分で傷つけてしまっただろうから。

「お前はあのときから変わらないな」

大牙の放った言葉の意味が分からず、明鈴は首を傾げる。大牙は小さく笑うと明鈴から数歩離れ、東屋の柱にもたれた。大牙の大きなはずの背中が、どうしてか小さく震えて見える。

「桃仙の乙女が見つかった直後、俺は石を投げられた。冷静になってみれば突然現れた黒い小動物を怖がるのは仕方ないと思えるが、そのときの俺にとっては全否定されたように感じたんだ。何も為していない桃仙の乙女が神官達に守られて、国を救ったはずの俺は石を投げられ傷つけられた。あいつらを守る意味が分からなかったし、何のために父上を殺したのかも分からなくなった、もうこんな国など滅べば良いとすら思った。だけど……俺の前にお前が現れた」

大牙が振り向き、そして明鈴の真正面で片膝をつく。

じっと見つめてくるので、だんだんと明鈴は恥ずかしくなってきた。

「大牙皇子？」

耐えられなくなって名を呼ぶと、再び口を開いた。

「俺にはお前こそが女神に見えた。俺を救うのは桃仙の乙女なんかじゃない」

もっと恥ずかしくなることを言われた。

ヤンデレ監禁ルートの大牙は甘く危ない言葉をたくさん吐いていたけれど、明鈴が接してきたこの大牙が吐くとはとても思えない甘い言葉だ。どこに隠してたんだろうか、その甘い言葉。少なくとも病み要素はなくて安心したけれど。

「明鈴は俺に向かって手当すると言ってくれた。唯一、手を伸ばしてくれたのはお前だけ、だから誓ったんだ。俺を癒やし守ってくれるのなら代わりに『お前だけは絶対に守る』と」

「それが大牙皇子の誓いだったのですね」

大牙はうなずくと苦笑いを浮かべた。

「だが、これが番契約になってしまうとはな」

「ということは、ランランの姿で夜お越しになったり、そのときにすりすりしてくださったのはおそらく番になった何らかの副作用だったのですね」

明鈴はやっと納得した。ランランが大牙であれば、わざわざ子虎の姿になって夜に訪れる意味が分からないなと思っていたのだ。番になったときが子虎の姿だったから、きっと何かしらの作用があって、子虎姿で明鈴に近寄らなければならなかったのだろう。

そう結論に導いた明鈴だったが、大牙の呆れたような目を見て「あれ、違った？」と首をひねる。

「なんで素直に受け取らないんだお前は。確かに明鈴とのあの時間によって、神通力の暴走が抑えられていたのは認める。だが、そこに番の契約など関係はない。俺が会いたかったから会いに行っていただけだ」

明鈴との時間で神通力の暴走が抑えられていた？　大牙が会いたくて会いに来てた？

まさか、もしかして、本当に？

明鈴の頭の中に、やっとある可能性が浮かんだ。大牙はずっと言っていた、正妃には明鈴がいればいいと。それが答えなのでは？

「大牙皇子、えっと、その……わ、わたし」

「明鈴、顔が真っ赤だ」

大牙の手が明鈴の頰に添えられた。大牙の手が少し冷やっこいと思えるほど、明鈴の顔は熱くなっている。

「俺はずっと怖がられていた。近寄れば怯えられたし、でも側に行きたかったから……」

大牙が拗ねた様子で視線を外した。つまり、大牙の姿だと明鈴が怖がって近寄れないからランランの姿になって会いに来ていたということか。

「あの、大牙皇子は私のことを、その」

どきどきしすぎて言葉が出てこない。でも、大牙は最初からちゃんと『明鈴』を妻に迎えたかったのだ。正妃という位を埋める必要があるからという訳ではなかった。

「待て、俺から言わせて欲しい」

大牙が意を決したように顔を上げた。

大牙の手が頰に添えられているせいで明鈴は顔を背けることが出来ない。攻略キャラのご尊顔を真ん前で見続けるなんて、麗しすぎて目が潰れそうだというのに、さらに大牙が距離を詰めてくる。あと少しで鼻同士が触れてしまいそうだ。

このきらきらふわふわしてときめき過多な空気が、緊張でどんどんふくらんでいく。

「明鈴、俺は初めて会ったときからお前だけを見ている。後宮に囲い入れて、側で見ている内にもっと独占したくなった。他の誰にも触れさせたくないし、自分のものだと印をつけたくて、甘噛みしたくて仕方なかった」

ヤンデレ監禁の気配を感じ、すっと明鈴の頭の中が一瞬だけ冷静になる。だけど大牙は続けて言葉を重ねていく。

「怖がりなところ、お人好しなところ、謙虚なところ、折れない芯を持っているところ。知れば知るほどお前は魅力にあふれていた」

まっすぐな視線に射貫かれて、一気に体中が熱くなってきた。大牙の飾らない本心に、気恥ずかしすぎて身動きが取れない。

どうしよう、こんなにまっすぐに想いを伝えられたのは前世も含めて初めてだ。せっかく一瞬冷静になったのに全然意味なかった。あれだ、一度油断させておいて一気に仕留められた気分だ。

「お前以上に愛しいと思うものはいないよ。だから明鈴、これからどうしたい？」

「……えっ？」

普通はここで明鈴の気持ちを聞く場面なのではないだろうか。それを聞かずに明鈴のこれからを聞いてきた。まるで明鈴に何か選択肢が用意されているかのような言い方だ。

「番の契約とか家のしがらみとか、そんなものは俺がどうとでもする。これからは明鈴の好きなようにすれば良い」

　大牙が少し離れた。それでも、まだ明鈴の頬にふれたままだ。

「好きなように……では、仮に後宮を辞すということも出来るのですか」

「あぁ、お前がそれを望むのなら俺は叶えよう」

「何故です。その、今、大牙皇子は想いを伝えてくださいましたよね。手放すのですか？」

「手放して欲しくないのか？　だとしたら有難くお前を妻にするぞ」

　大牙の瞳が明鈴を探るようにきらめく。

「あ、いや、その、ええと、そこまでは言ってないと申しますか」

「分かっている。明鈴が側にいてくれるのなら嬉しいが、もう無理強いをするつもりはない。事故のように番として魂を結ばせてしまったことを申し訳なく思っているんだ。こんなことで何かあればお前の命も消えてしまう、俺の業を勝手に背負わせてしまった。俺に償えやしないだろうが、せめて明鈴の好きなように生きて欲しいと思っている」

　大牙はとびきり優しい笑顔を浮かべた。

　そんな笑い方も出来るのだと初めて知った。いや、もしかしたら出来るようになったのかもしれない。

明鈴は東屋に来て庭を眺めていた。これからのことを落ち着いて考えたいと思い、紅希に一人にして欲しいと伝えてここに来たのだ。

昨日ここで大牙と話をした。そして、どうしたいのか聞かれた。問答無用で後宮に連れてきたくせにと、つい愚痴のような言葉がこぼれる。

今なら正妃の座を降りて後宮を去ることが出来る。望みだったのんびり穏やかな生活も手に入れることが出来るのだ。今を逃したらもう二度とこんな好機は巡ってこないだろう。

そうは思えど、明鈴はすぐに決断出来ずにいた。

「ここを出たら、きっともう入れないよね」

後宮は軽々しく出入りする場所ではない。本来ならば出ることは適わないのだから、もし出たとしたら尚更だ。

黒獣堕ちした大牙の姿を思い出す。番として魂を共有しているから、もうあの姿に堕ちることはないと分かっている。でも姿形が堕ちないからといって、心が堕ちないわけではないと思うのだ。

大牙は強い人間だと思う、それは力だけのことではなく精神も。だからこそ周りに弱みを見せずに隠してしまうのだ。けれど誰にだって限度はある。いくら強くても、全てが彼に集中してしまえば爆発してしまうだろう。

自惚れかもしれない。だけど抱え込んでしまう彼をここに置いていっていいのだろうか。

自分だけ楽になって、それはずるいことではないだろうか。

「大牙皇子はいつも怒ったり詰め寄ってきたりして怖かったけど、本気で私を傷つけようとしたことは一度もなかったな」

佑順が止めに入ってくれたこともあったが、二人きりのときでも最終的には彼が自ら手を引いてくれた。黒獣堕ちの自我を無くしたときでさえ、明鈴を傷つけることはなかった。

そもそも正妃になっているのだから、強引に自分のものにしようと思えば出来たのにそれもしなかった。覚悟の出来ていない明鈴を何度も見逃してくれたのだ。

「口では傲慢なことを言っても、私の気持ちを大事にしてくれてたんだ」

冷酷で我が儘で身勝手に見えるけれど、実は誰よりも優しい人。優しすぎるが故に背負い込みすぎて、もろい部分もある人。

「ひとりぼっちにしたくないなぁ」

明鈴からつぶやきがこぼれ、すとんと置き場所に困っていた感情の位置が決まった。

心配なのだ。ごちゃごちゃと考えたところで、根っこにあるのは彼が心配でたまらないってことだ。また一人で抱え込んで苦しんでいたらと考えると、想像だけで胸が痛くなる。

仮に大牙を置いて後宮を出たとしよう。のんびり過ごしていても、ふとした瞬間に大丈夫だろうかと心配になるに決まっている。むしろ気になってのんびり過ごせないかもしれない。もし佑順づてに大牙が苦しんでるなどと聞いたら、やっぱり残れば良かったと絶対に後悔しそうだ。

「そんな後味の悪い思いはしたくない」

では後宮に残ってこのまま大牙の正妃でいるのか？　と自問する。

「んー、それも何か違うような気がするし、そもそも私には荷が重い」

大牙が心配で側にいるというならば、別に正妃でいなくても構わないのではないだろうか。それこそ小華が妃にならずとも桃仙の乙女の役割は出来ると言ったところに通じる。

正直なところ、正妃は柄じゃないし責任重いし死ぬほど忙しいことが分かっているから遠慮したい。出来るなら他の方にお願いしたいと心から思っている。でも半端な考えの人が正妃になったら大牙を支えられないし、下手をしたら大牙が苦しむことになるかもしれない。地位や権力に目がくらんでいる人や、大牙の見た目だけに引き寄せられている人ではいけない。ちゃんと大牙のことを考えて一緒に歩める人じゃないと駄目だ。

「じゃあどうしたらいいの！」

明鈴は頭を抱える。

大牙が心配だから側にいる、でも自分が正妃である必要はないのでは、だけど正妃の座を不適格な人物に渡すのは駄目、でも明鈴は正妃を降りたい……と思考がぐるぐると回ってしまう。

日が傾き始め、心配した紅希が呼びに来るまでずっと考え続けたのだった。

「ようこそ。おいでくださり感謝いたします」

明鈴は今日のために用意した一張羅を着込み、大牙を出迎えた。

「茶会だと聞いていたのだが」

大牙にとっては予想外の光景だったようで、少し目を見開いている。

「はい。私と大牙皇子、二人だけのお茶会なのでこれで良いのです」

茶会を催すので是非来訪願いたいと招待状を出した。でも他の参加者はいない、二人だけの茶会だ。

後宮の中庭にある大きな桃の木の下に、小さな卓が置かれている。二人分の茶器と明鈴が選んだ月餅が並んでいた。女官も侍女である紅希も離れた場所に待機しており、静かな空間になっている。

「ずっと申し訳ないなと思っていたのです」

「何がだ？」

「お茶会に参加せず、皇子を怒らせてしまったことです。あのときは配慮が足りなかったと反省しております」

だから、やり直しではないけれど大牙と茶会をしたいと思ったのだ。しっかりと衣装を整え、お気に入りのお菓子を手配し、それに合う茶葉を選ぶ。そして、何でもないような会話をするのだ。のんびりと暖かな日を浴びて、心を休ませるひとときを二人で過ごす。振り返ってみれば、後宮に来てから大牙とこのような時間を持てたことはなかった。明鈴が一方的に怖がって、とにかく接点を減らしたいと思っていたせいだ。今さら取り戻せるわけではないだろうが、少しでも前回の無礼な振る舞いの代わりになればと思っていた。

だが、大牙の表情はどこか不安げだ。月餅を勧めてみるがもそもそと食べるのみ。少しも美味しそうな反応をしない。

「大牙皇子、お口に合いませんか？」

ちゃんと佑順に事前に大牙の好みも聞いて、これなら喜んでくれるだろうと思って選んだ一品だったのだが。ちなみに餡子が好きだが甘すぎるのは苦手という、何とも微妙な好みだった。

「いや、うまい……と思う」

とても言葉通りには受け取れないぎこちない返事だ。

「私のもてなしに何か不備があったのでしょうか」

「違う、そういうことじゃないんだ。すまん」

謝った……え、どうして、なんで謝るの？

大牙の様子のおかしさに明鈴は大混乱だ。普通にお茶を飲み、会話して、そして先日の返事をしようと思っていたのに。これではまともに会話も出来やしない。

「大牙皇子、何を考えていらっしゃるのか教えていただけませんか？　せっかくの二人きりのお茶会、楽しく過ごしたいのです」

「これが返事なのだろう？」

大牙の声がふてくされているように感じるのは気のせいだろうか。

「どういう意味でしょう」

「俺が以前、茶会に出なかったことを怒ったから。だからその埋め合わせに茶会を開いた」

「確かにその通りですが」

「やはり、そうか。なら後宮を去ることに決めたのだな」

大牙は大きなため息をついた。

「え、大牙皇子？」

「この茶会は俺に対してできる最後のことなんだろう」

「違いますから」

「は？　違わないだろうが。心残りをなくすためにやってるくせに」

拗ねたような口調に明鈴は唖然としてしまう。

「そ、それは……まぁ合っていますけれど」

「合ってるんじゃないか」

「待って待って、落ち着いてください。ほら、あんまり興奮すると良くないですよ」

「……分かった。聞こう、お前の返事を」

大牙は眉間にしわを寄せつつ、視線をぷいっと手元に落とした。今までの荒くれ暴君な大牙はどこにいってしまったのだろうか。

「いきなりですね。もう少し会話というものを楽しんでからにしませんか？」

「無理だ」

左様でございますか、という気分で明鈴はため息をついた。だけれど、何故か大牙の様子が可愛く思えてしまい、自分の頭はどうかしてしまったのではないかと思う。

「では、お話しします」

明鈴は立ち上がり、大牙の目の前に移動する。すると、大牙も立ち上がったので向かい合うような形になった。

明鈴は大きく息を吸い、ゆっくりと吐く。そして、意を決して口を開いた。

「私は大牙皇子のお側にいたいと思います——」

「明鈴！」

話の途中で大牙が思い切り抱きしめてきた。鼻を首筋に擦り付けるように、ぐいぐいと明鈴を抱き込んでいく。グスッと洟をすする音が耳元でした。

「え、まさか泣いているんですか？」

「……泣いてない」

明鈴の首元に顔を埋めたままなのでくぐもった声が返ってきた。いやいや、今また洟をすすったではないか。こっそりすすったつもりだろうが、この密着度で気付かないわけがないだろう。

「まだ話が途中なので、泣かれると困ってしまうのですが」

明鈴は大牙の背中をポンポンと叩く。すると大牙が顔を上げた。やはり目が少し赤くなっている。泣いていたくせに認めないとは往生際が悪い。

「何が途中なんだ。俺の側にいるということは、こういうことだろう」

大牙が明鈴の首筋をそっと意味ありげに撫でてきた。

「ひっ！　セクハラですよ！」

明鈴は腕を必死でつっぱり、大牙との距離を取ろうとする。

「せくはらとは何だ？」

いけない、動揺のあまり前世の言葉が出てしまった。

「で、ですから、お側にはいますが、正妃の座はいずれ降りたいと思っているのです」

「…………は？」

意味が分からないと、大牙がつぶやく。

「つまりですね、番(つがい)としてとか置いておいて、純粋(じゅんすい)に大牙皇子のことが心配なのです。何かあったら私に出来ることをしたいなって思うのです。でもそれは、正妃(せいひ)じゃなくても出来ることだと思うから」

大牙は頭上を見て、地面を見て、最終的に視線を斜(なな)め横に流した。

「……じゃあ、明鈴のいる前で他の正妃を選べと？　何の苦行だそれは」

ぶつくさと大牙が独り言を言っている。小さすぎて聞き取れないけれど、文句っぽいのはなんとなく伝わってくる。

「大牙皇子、何もすぐに降りるとは申しておりませんよ。今は私も大牙皇子と離れるのは不安というか寂(さび)しいですし。もしまた精神的に落ち込むようなことがあれば支えたいと思うのです。ランランの姿の時間によって神通力の暴走が抑(おさ)えられていたとおっしゃっていたので、趣味(しゅみ)と実益を兼(か)ねて全力で撫でさせていただきますよ」

「趣味と実益はどうでもいいが……離れるのが寂しいのか？」

大牙が目を見開いた。そんなに驚(おどろ)くようなことを言っただろうか。

「えぇ、そうです。曲がりなりにも後宮で暮らしてきたのですよ。急に会えなくなったら寂しいではないですか」

「そ、そうか」

なんだろう、大牙の相づちが戸惑(とまど)いを含(ふく)んでいる気がする。

「あと、対外的に正妃がいなくては困るでしょうし。かといって半端な方が大牙皇子のお側にいるなど何か許せません。想像するだけでちょっとイラッとします。だから正妃として真にふさわしい人が現れるまで私が仮の正妃を務めます」

明鈴は満面の笑みを浮かべる。だが反対に大牙は呆れたような表情だ。

「それ、ほぼそういうことだろ。なんで気付かないんだ、こいつは」

大牙は眉間にしわを寄せて俯いてしまった。え、なんで？

これ以上の答えは見つからなかったのに。いろいろ考えて、自分のことだけじゃなく大牙のことや国のことも考えて見つけた妥協点だ。本音を言えばすぐにでも正妃の座など欲しい人に譲りたいが、それでは無責任というものだろう。だから、大牙が正妃に置きたいと思える人が現れるまで頑張ろうと決めた。

大牙の横に立つのはもっと聡明な人がふさわしいと思うのだ。自分はあくまで縁の下の力持ちが似合う。大牙が立っていられるように支えられればそれでいいのだ。

「ふさわしい人物が見つかるまでは俺の正妃を務める、それが明鈴の答えでいいのか？」

姿勢を正した大牙がまっすぐに見つめてくる。

「はい。たくさん考えました。後宮に入りたての頃だったらすぐに実家に戻る選択をしたかもしれません。でも大牙皇子が怖いだけの人ではないと、もう私は知ってしまいました。だから、この答えで良いのです」

明鈴は大きくうなずく。

「後悔しないか？」

「後悔しないために、この選択をしたのです」

「分かった。ならばそれでいい」

大牙は納得したのか、口元に弧を描いた。

もう少し揉めるかと思ったけれど、案外すんなりと了承されてしまった。良かったのだけれど、もう少し駄々をこねてくれてもいいのにという、複雑な乙女心が湧き起こる。そんな自分の心に苦笑いしながら、怖くて仕方なかった大牙に大分絆されてしまったのだなと思う明鈴だった。

「佑順！」

大牙が声を張り上げると、離れた位置で待機していたと思われる佑順が駆け寄ってきた。

「どうしました？　あ、惚気だったら結構ですよ」

「違う。いや違わないかな？」

「何があったんですか」

「明鈴が俺の正妃になった」

大牙が得意げな表情で言いだすので、明鈴は驚きつつすぐに訂正した。

「仮ですよ！」

「んん？　話が見えない」

「だからね兄様、正妃にふさわしい人が見つかるまで仮の正妃をやりますって伝えたの」

「あーなるほど……そういうことね」

佑順は、明鈴と大牙を交互に見て呆れたように言った。

「仮だろうと何だろうと、少なくとも今の正妃は明鈴だ。もしふさわしいものが現れなければ……ずっと正妃のままだな。まあ、いずれそんな約束は意味がなくなるだろうが」

　大牙が不敵に笑う。

　確かにその通りなのだが、自分が何か見えない糸で少しずつ巻かれているかのような、そんな不穏な感覚に襲われた。

　あれ、ちゃんとふさわしい人が見つかったら替わるんだよね。約束破らないよねという不安が表情に出ていたのだろうか。大牙が明鈴を安心させるように肩に手を置いた。

「明鈴、大丈夫だ。俺はちゃんと『ふさわしい人物』を正妃にすることを約束する」

　にんまりと得意げな笑みを浮かべる大牙、それを苦笑いで見つめる佑順がいる。

「大牙皇子、本当に仮ってことを忘れないでくださいね」

　明鈴はとにかく念押しするのだった。

大地を風が舞う。

この世界を愛してくれたあなたは、本当の恋をしてみたいと願っていた。
わたしからの贈り物はどうだった？

二人の結末を見守っていた後宮の桃の木が、風に答えるように揺れていた。
逃げたかった少女も、手に入れたいと思った青年もお互いに笑っている。
きっとそれが答えだ。

終章

　こうして明鈴は後宮に残ることとなった。しかし、内心では選択を誤ったかなと思っていたりもする。だって今も大牙が至近距離で見つめてくるのだ。

「大牙皇子、その、近すぎると思うのですが」

　あれから大牙は隙あらば明鈴に近寄ってくるし、何なら告白まがいの言葉をつらつらとぶつけてくる。

「別に良いだろう、今は正妃なのだから。自分の愛しい妃に触れて何が悪い。それにお前は鈍すぎるから、これくらいでちょうどいいんだよ」

　開き直ったかのように俺様王様大牙様な態度で迫ってくるから、明鈴の心臓はいつも大忙しだ。

「ですから、私は『仮』ですって」

「分かってる。だから『仮』を取り外すべく口説いてるんじゃないか」

「約束が違います。私を口説くのではなく、正妃にふさわしい人を探してくださいよ」

「俺は何一つ約束を破っていない。お前が希望したとおり、俺の正妃にふさわしい人を全力で口説き落としているだけだ」

「解釈違いです！」

頭を抱えて思わず叫んでしまった。

「ふむ。ならば思う存分、子虎姿を撫でさせてやると言ったら？」

大牙はしばし考え込む仕草をしたあと、とんでもない提案をしてきた。

ランランに会える？　しばらくあのもふもふに触れられていない。触れられるかもと思うと、急にもふもふ禁断症状が出てきた。

もふもふしたい。あの毛並みを堪能したい、肉球をぷにぷにしたい、出来れば吸いたい！

明鈴の頭の中の天秤がぐらぐらと揺れる。あぁ、これは時間の問題かもしれない。

あとがき

　数ある本の中から、この本を手に取ってくださりありがとうございます。初めましての皆様、石川いな帆と申します。再びお目にかかれた皆様、お久しぶりでございます。

　読み終えていかがでしたでしょうか。楽しんでいただけたら幸いです。

　びびるヒロインが書きたいという私の欲求がきっかけとなり、このお話が誕生しました。臆病な明鈴が怖がりつつも大牙を理解しようと歩み寄り、明鈴に怖がられてしまう大牙はなんとかして明鈴に近付くために頑張ります。

　大牙は誤解されがちなんですが実はとても健気なんです。外面が強く見えようと、内面に弱さや闇があると救ってあげたくなります。明鈴は怖がりゆえに逃げようと行動していますが、彼女なりのルールを持っています。それを曲げずに貫くところはかっこいいし、自分もこうありたいと思います。

　今回は入れたいなと思った要素を省くことなく入れることが出来て満足しております。特にキャラに関していいますと、佑順と紅希は私の思い入れが強くて、消えそうになっても生き残ったしぶといキャラ達です（笑）。

イラストを担当してくださったすがはら竜様、本当にありがとうございます。ラフをいただいた瞬間、あまりの素敵さに見惚れてしまいました。小動物感あふれる可愛い明鈴とかっこいい雅な大牙で、まさに作中の二人だと感動しました！

お世話になっている担当様。初めて挑戦する設定に戸惑う私に根気強く付き合ってくださりありがとうございます。明鈴達を生み出せたのは担当様のおかげです。これからもよろしくお願いいたします。

最後に、編集部の皆様、校正様、印刷所の皆様、支えてくれた家族、友人達、この本に関わってくださったすべての皆様に感謝いたします。そして何より、読んでくださる皆様がいてこそです。本当にありがとうございました。

少しでも皆様の心に届く物語を紡ぎたい、それを目標にこれからも精進して参ります。

それでは、またお会い出来ることを願って。

石川いな帆

「十二神獣の転生妃 最凶虎皇子の後宮から逃げ出したい！」の感想をお寄せください。
おたよりのあて先
〒102-8177　東京都千代田区富士見2-13-3
株式会社KADOKAWA　角川ビーンズ文庫編集部気付
「石川いな帆」先生・「すがはら竜」先生
また、編集部へのご意見ご希望は、同じ住所で「ビーンズ文庫編集部」
までお寄せください。

十二神獣の転生妃
最凶虎皇子の後宮から逃げ出したい！
石川いな帆

角川ビーンズ文庫　23138

令和4年4月1日　初版発行

発行者――青柳昌行
発　行――株式会社KADOKAWA
〒102-8177　東京都千代田区富士見2-13-3
電話 0570-002-301（ナビダイヤル）
印刷所――株式会社暁印刷
製本所――本間製本株式会社
装幀者――micro fish

●お問い合わせ
https://www.kadokawa.co.jp/（「お問い合わせ」へお進みください）
※内容によっては、お答えできない場合があります。
※サポートは日本国内のみとさせていただきます。
※Japanese text only

ISBN978-4-04-112431-4 C0193 定価はカバーに表示してあります。

レディ・ロゼッタの危険な従僕
私だけの献身的な従僕、
その裏の顔は？
未亡人を取り巻く
危険なロマンス！
石川いな帆　イラスト　安野メイジ
父代わりだった高齢の夫を亡くしたロゼッタ。
空虚だった日常を変えたのは、突然現れた青年・レオ。
唯一の従僕として献身的に仕えてくれるレオに惹かれていく
ロゼッタだけど、彼の素顔は謎に包まれていて……!?

あやかし恋紡ぎ
儚き乙女は
妖狐の王に
溺愛される
愛を知らない少女は、恋を知って花開く。
妖狐×少女の和風ラブストーリー！
著 伊月ともや
絵 夜咲こん
不思議な力をもつため虐げられて育った少女・沙夜。美貌の妖・玖遠に救われ、花嫁として甘い言葉を注がれるように。徐々に心を開いていく沙夜だが、自分が「龍穴の神子」と呼ばれる特別な存在だと知ってしまい……？
●角川ビーンズ文庫●

はすみ りょう
蓮水 涼
イラスト まち
異世界から聖女が来るようなので、邪魔者は消えようと思います
WEB発&大幅加筆★
勘違い王女に、乙女ゲームの溺愛モードが発動中!?
シリーズ好評発売中
遠い異国に嫁いだ日、王女フェリシアに前世の記憶が蘇る。
この世界は乙女ゲームで、王太子は異世界から来る聖女と
恋仲になり邪魔者は処刑！　破滅回避のため城を出るも、
王太子は甘い言葉でフェリシアを離さず !?

シリーズ好評発売中！
やり直し令嬢は竜帝陛下を攻略中
WEBで話題！
人生2周目は10歳の竜妃サマ!?
しかも敵だった陛下に求婚してました
永瀬さらさ
イラスト 藤未都也
婚約破棄された王太子と出会った場に、時間が戻った令嬢・ジル。破滅ルート回避のためとっさに求婚した相手は闇落ち予定の皇帝ハディス!?　だが城でおいしいご飯を作ってもらい――決めた。人生やり直し、彼を幸せにします！

売られた令嬢は
奉公先で
溶けるほど
溺愛されています。
著／灯倉日鈴（ともくらひすず）
イラスト／手名町紗帆（てなまちさほ）
最凶のご主人様に仕える、
最高に幸せな日々。
借金のために実の父に売られたミシェル。奉公先は王国最強の将軍・シュヴァルツの邸だった。強面で粗野な彼に怯えながら始まる新しい生活、だけど彼の真っすぐな優しさはやがてミシェルの居場所になっていき――。

千年の平和を築いた伝説の女王——の生まれ変わりの少女・花鈴。
庶民らしく過ごすはずが新王に選ばれた弟の
身の危険を知り王宮に乗り込むことに！
そこで偶然隣国の王であり前世の想い人・紫苑と再会してしまい……!?

●角川ビーンズ文庫●

後宮の錬金術妃
悪の華は黄金の恋を夢見る
岐川　新
イラスト／尾羊　英
彼女は"悪女"か？　それとも――
錬金術で紐解く、中華後宮サスペンス！
異母妹を虐げていると噂される、悪名高い白蓮。
皇帝の寵愛を得たのは異母妹……なのに白蓮は得意の錬金術で、
後宮で異母妹を貶める罠を次々と暴いていく。
だが、皇帝呪殺を狙う事件が！　しかも犯人は……白蓮!?

あやかし後宮の契約妃
もふもふたちを管理する簡単なお仕事です
新しい仕事は期間限定のお妃様!?
波乱のあやかし中華ファンタジー!
魔法のiらんど大賞2020 小説大賞
ファンタジー・歴史小説部門賞
受賞
青月花 イラスト/梶山ミカ
養父の薬代を稼ぐため、雑伎団を抜け出し宮女になった玉玲。
ところが、あやかしを視る力が皇太子・幻耀の目に留まり、
何故か妃としてあやかしだらけの北後宮で働くことに!
さらには皇位を巡る陰謀にも巻き込まれ!?